ベリーズ文庫

クールな御曹司と初恋同士の想い想われ契約婚 ～愛したいのは君だけ～

惣領莉沙

STARTS
スターツ出版株式会社

目次

クールな御曹司と初恋同士の想い想われ契約婚
～愛したいのは君だけ～

契約結婚をすることになりました

『俺と結婚すればいい』

匠《たくみ》からその言葉を聞かされた時、これは夢かもしれないと美緒《みお》は思った。

好きだと想いを伝えるだけでなく、夢見ることすら諦めていた匠との結婚だ。

十年以上の片想いの相手、それも大企業の御曹司である匠からの言葉なら、なおさら夢としか思えなかった。

美緒が匠と初めて言葉を交わしたのは、景和学園《けいわがくえん》の中等部一年の時。

当時同じ学園の高等部二年だった匠は学園内では誰もが知る有名人だった。

文化祭の準備をきっかけに知り合った匠は、美緒の勉強を見てくれたり相談にのってくれたり、美緒にとっては素敵な王子様のような存在、そして初恋の相手だった。

匠は美緒の両親の会社が倒産し学園をやめようとした時も、引き留めて励ましてくれた。

それに子どもの頃のある事件がきっかけで男性が苦手な美緒が、唯一心を許し安心してそばにいられるのも匠だった。

それから十年以上、匠は美緒を優しく見守り大切にしてくれている。

『俺と結婚すればいい』

想いを寄せている匠からの申し出なら、すぐにでも頷きたい。

けれど匠が望んでいるのは〝契約結婚〟で、美緒を愛しているわけではない。

匠の意思は固く強引で、このままだと頷いてしまいそうだ……。


十二月半ばの金曜日の夜。

白川《しらかわ》美緒は扉が開くと同時に電車を降り改札口へと足を向けた。ここは国内屈指の乗降者数を誇るターミナル駅で、今も大勢の人が行き交っている。

美緒も人波を縫って歩みを速めた。

ダークブラウンのストレートの長い髪に色白で小顔、大きな目を縁取る長いまつげが印象的で周囲からはクールに見られがちだ。だが、今は頬を紅潮させ表情にも焦りの色が隠せない。

本当なら余裕を持ってここに来る予定だったが、午後からの会議が長引き会社を出るのが遅くなってしまった。

美緒が勤務している『箕輪《みのわ》デリサービス』は、企業や学校、病院などの施設のフード及びサポートサービスを行う業界大手の企業だ。

入社四年目で二十六歳の美緒は、企業の社員食堂を企画・運営する営業部営業一課で働いている。売上げの柱を担う部署で忙しく、今日も最近受注した大手建設会社の社員食堂の運営について課内で意見を交わしていたのだが、場が盛り上がり終わった時には終業時刻を大幅に過ぎていた。そのせいで食事の約束をしている日高《ひだか》匠との待ち合わせに遅れているのだ。

前回匠と顔を合わせたのは、数カ月前の学生時代の共通の知り合いの結婚披露宴で、彼とこうして会うのは久しぶり。

美緒は自身が仕立てたワンピースを身にまとい、普段滅多に足を通すことのないヒールの高いパンプスで、構内を急いだ。

匠は中学高校を通じた四歳年上の先輩というだけでなく、美緒の初恋の相手であり今も密かに想いを寄せる特別な男性だ。

会社を出る前に謝罪のメッセージを送り、匠からは【待つから焦らなくていい】と返事が届いているが、美緒にとって匠と会える今日はなにより特別な日。焦らないわけがない。

「大きなクリスマスツリーの近くにいるって……あ、あった。すごい」

改札を出た美緒は、目の前の広場でキラキラ輝くクリスマスツリーに目が釘付けになる。二十メートルはあるだろうか、青と白を基調にしたライトが全面を覆い、華やかな輝きを放っている。

話には聞いていたがここを訪れるのは久しぶりで、その迫力に圧倒された。

「綺麗……」

クリスマスツリーの近くで待っていると返事があったが、どこにいるのだろう。

混み合う広場をキョロキョロ探していると、クリスマスツリー近くにグレーのロングコートを着た匠の姿を見つけた。

長身で手足が長くモデル体型の匠は、遠目からでも抜群の存在感を放っているのがわかる。

クリスマスツリーを見上げる横顔は、鼻筋がすっと通り彫刻のように整っている。

周囲の女性たちがチラチラ視線を向けているが、気付かないのか素知らぬ様子だ。

匠の女性人気は学生の頃から変わらないなと苦笑し、歩みを進めた。

するとと匠も美緒に気付き、極上の笑顔で近づいてくる。

美緒しか目に入らないとでもいうようなまっすぐで優しい笑顔にドキリとし、思わず息が止まる。

自分は匠にとって特別な相手だと、誤解してしまいそうだ。

けれどそれはあり得ない。

美緒は束の間心に浮かんだ思いを胸の奥に抑え込み、匠のもとに駆け寄った。

「遅くなってごめんなさい」

「謝らなくていいよ。美緒が忙しいのはわかってるから大丈夫」

匠は穏やかな笑みを浮かべ、美緒の顔を覗き込んだ。

アーモンド形の魅力的な瞳には優しい光が滲《にじ》んでいて、視線を向けられるたび緊張してしまう。

出会ってから十年以上経つというのに、今も顔を合わせるといつもこの調子だ。

「でも、私より匠先輩の方が忙しいのに。大切な時間を無駄にさせてしまってごめんなさい」

業界トップの大企業『日高製紙《ひだかせいし》』の次期社長と言われている匠の方が、何倍も忙しいはずだ。申し訳なくて仕方がない。

「大切な時間か……」

匠はふっと口角を上げ、美緒の頭を軽くポンと叩いた。

「確かに年末は慌ただしいが、後輩と会う時間をつくるくらいどうってことない」

「あの……」

美緒は顔がかあっと熱くなるのを感じた。

親しげな仕草やふれ合いに特別な意味はないとわかっていても、身体《からだ》は正直だ。

「じゃあ、そろそろ行こうか。いつもの店を予約してるんだ」

普段と変わらない落ち着いた声と穏やかな表情。匠にとって美緒に触れることなど意識するほどのものではないのだろう。美緒の頭を叩いたのも、無意識のようだ。

「楽しみにしてました。あ、遅くなりましたけど時間は大丈夫ですか？」

美緒は動揺を隠し、問いかけた。

「ああ、連絡を入れておいたから大丈夫」

匠はあっさりそう言って、笑みを深めた。

「俺もあの店に行くのは久しぶりで、楽しみなんだ」

「はい」

まるで自分と会うのが楽しみだと言われたようで、鼓動がトクリと跳ねる。

美緒は熱くなった顔を見られないようにそっと俯いた。

美緒と匠は国内でも超進学校として知られる私立の中高一貫校景和学園の卒業生で、在学当時はふたりとも六年間の学費免除という成績優秀者だった。

美緒が中等部に入学した時、匠は高等部の二年生。生徒会長だった匠は、全国模試で毎回上位に入る優秀な成績と端整な顔立ちで、学園内でその存在を知らない人はいないほどの有名人だった。

入学式の時に壇上で挨拶をする匠の姿に美緒はときめいた。

中学一年生にとって四歳年上の男性はひどく大人に見え、その堂々とした佇《たたず》まいや柔らかで優しい眼差しから目が離せなかった。

とはいえ匠は教師や友人たちからの信頼が厚く、おまけに日高製紙という大企業の御曹司。美緒にとって匠は、手の届かない憧れの存在。

たまに校内で顔を見られるだけで満足だった。

そんな中、美緒はクラスの皆んなから学園祭の実行委員に推薦された。

クラスを取りまとめる大役が自分に務まるとは思えず断りたかったが、真面目な美緒なら引き受けてくれるだろうという空気に流され渋々引き受けた。

中等部と高等部が合同で行う学園祭の目玉は、生徒会の役員たちで上演する演劇だった。その年の演目はシンデレラで、王子様役は匠。

後から聞いた話では、その配役は生徒会の決定事項というだけでなく学園全体の期待から生まれた総意ともいえ、匠は断るに断れず引き受けたそうだ。

実行委員の美緒は匠の衣装を担当することになり、彼に似合う華やかで舞台映えする衣装を作りあげた。

ただでさえスタイルがよく整った顔立ちの匠に煌《きら》びやかな衣装はよく似合い、舞台上でスポットライトを浴びる姿は本物の王子様のようだと、かなりの評判を呼んだ。

このことがきっかけで、学園祭終了後も美緒は匠と言葉を交わすようになり、学園生活に新たな楽しみが加わった。

その後中等部二年の時に両親が経営する会社が廃業したことが原因で、勉強が手につかなくなった。成績が落ちた美緒に勉強を教えてくれ精神的な支えになってくれたのも、匠だった。

不用意に立ち入らずそれでいて親身に寄り添う匠の優しさが、家庭環境の大きな変化を乗り越える一助になったのは確かだ。

卒業後も今日のようにふたりで食事をしたりドライブに出かけたりと、仲がいい先輩後輩としての関係が続いている。

「あ、池内《いけうち》真乃《まの》」

スクランブル交差点で信号待ちをしている時、ビルの壁面に掲げられている大きな広告写真に気付いた。

国内最大の航空会社の広告写真で、十年以上イメージモデルを務めている池内真乃が、真っ白な雪の上で振り返り楽しそうに笑っている。

長身でスタイル抜群、華がある彼女は多くの企業から引く手あまたの人気モデルだ。

「好きなのか？」

「はい。彼女のファンなんです。理知的で憧れます」

美緒は写真を見上げ、うっとり呟いた。

「確かに好奇心旺盛で成績も良かったな。実は、真乃は俺の大学の同級生で、たまに連絡があるんだ。人気モデルだから忙しそうだな」

「そうなんですか？　初めて聞きました。あの、昔からあんなに綺麗な方だったんですか？」

思いがけない事実に美緒は興奮した。

「そうだな。モデルとしての意識が高かったし、周りとは違うオーラがあったな。それより行くぞ」

「あ、はい」

信号が青に変わって歩き出した匠に続きながら、美緒は真乃の写真に憧れの眼差しを向けた。

匠と連れだって訪れたのは、繁華街から少し離れた通りにあるこぢんまりとしたレストラン。ライトブラウンで統一された店内は優しい雰囲気で、いつ来ても心が落ち着く素敵な空間だ。

ここは匠が子どもの頃から家族とよく来ていた馴染みの店で、美緒も大学二年生の時に初めて連れて来てもらって以来、何度か訪れている。

案内されたのは店の最奥にあるふたりがけのテーブル席。向かい合って座る匠との距離が近く、落ち着かずそわそわする。

揃って冬限定メニューのビーフシチューを注文した後、美緒は一度深く呼吸をして気持ちを整えると、バッグの中から赤い包装紙でラッピングされた包みを取り出した。

「あの、これ……気に入ってもらえるとうれしいんですけど。クリスマスプレゼントです」

伏し目がちにそう言って、美緒は細長い包みを匠の手元にそっと置いた。

「え、俺に？」

匠は差し出された包みと美緒を交互に見つめた。

「はい。ごちそうになってばかりなのでお礼をしたいと考えていて……」

「それなら気を使わなくていい」

「でも」

「食事に誘っているのはいつも華耶《かや》の服を仕立ててもらっているお礼だ。これくらいのことで気を使うな」

美緒は匠の言葉に視線を揺らし、俯いた。

華耶は匠のいとこである大原京佳《おおはらきょうか》の娘だ。今年美緒たちが通っていた景和学園の高等部に進学した美少女で、彼女が九歳の時に匠を通じて知り合い、仲よくしている。

ここ数年、華耶の誕生日やクリスマスには匠からの依頼を受けて彼女のために洋服を仕立てていて、今年も紫のワンピースを用意して華耶に届けている。

そのお礼にと匠が美緒を食事に誘うのが恒例となっていて、特別な意味がないことはわかっている。

けれど改めてその事実を突きつけられると、やはり切ない。

「それは、わかっているんですけど。やっぱりごちそうになってばかりだと申し訳なくて」

笑顔をつくり、言葉を続ける。

華耶の洋服の仕立て代なら、いつも匠から十分すぎるほど受け取っている。その上毎回食事までごちそうになっていて、気が引けていたのだ。

「気を使わせて悪いな」

匠はふっと表情を緩め、包みを手に取った。

「手作りなんだな。わざわざありがとう。開けてもいいか？」

匠は期待に満ちた目で美緒に問いかける。

「はい」

美緒が頷くと同時に匠は金色のリボンを外し、赤い包装紙を慎重に剥《は》がしていく。

現れたのは、厚さ三センチほどの細長い白い箱だ。

匠は箱を開けた途端、目を見開いた。

「ネクタイ……かなり凝った刺繍《ししゅう》だけど、時間がかかって大変だっただろ」

感心する匠に、美緒は顔を横に振る。

「全然です。毎日少しずつ針を刺して、楽しんでました」

匠が箱の中から取り出したのは、美緒がここ一カ月時間を見つけては丁寧に仕立てたネクタイだ。

濃紺のウール生地に、美緒がひと針ひと針気持ちを込めて施した銀糸の格子模様の刺繍が映えている。

会社の仕事だけでなく学生の頃から続けている洋服作りとネット販売の作業もあり時間をつくるのに苦労したが、匠の喜ぶ顔を想像しながら針を刺す時間は充実していて、他では感じられない幸せな気持ちを楽しんだ。

すると匠はそれまで身につけていたグレーのネクタイをするりと外した。

「偶然にしても、このスーツのために仕立ててくれたみたいだな」

匠は美緒が手渡したばかりのネクタイを首に回し、手慣れた動きで結び終えた。匠が着ている紺色のスーツとの相性がぴったりで、よく似合っている。

身につけてもらえるのはうれしいが、予想外のことに動揺し言葉が出てこない。

「美緒のイメージを壊してなければいいが、似合ってるか?」

「は、はい。もちろんです。イメージ以上です」

思いがけない展開に驚きつつ、美緒は何度も頷いた。

「注文数が毎年伸びているのも納得だな。華耶に作ってくれる服もこのネクタイもセンスがいいし、なにより仕立てが丁寧だ。会社の仕事も忙しいのに、洋服作りも頑張ってるんだな」

匠は感心し、ネクタイの指触りを楽しんでいる。

「ありがとうございます。そう言ってもらえるとやる気が出ます」

美緒にとって洋服作りは趣味以上の意味合いがある。

会社が副業を許可しているので時間と体力が許す限りワンピースやパンツなどの洋服を作りネットで販売しているが、自分のブランドを立ち上げて実店舗を持つという夢を叶えるにはまだまだだ。

商品を返品されて自信を失うこともあるが、こうして励みになる言葉をもらえると前向きな気持ちになれる。

「勉強することばかりですけど、洋服を作るのが楽しくて仕方がないんです。いつか自分のブランドを立ち上げてお店を持てるように頑張ります」

他の誰でもない、心から慕っている匠に背中を押され、美緒はつい饒舌《じょうぜつ》になる。

「この間、華耶から今年のワンピースは大人っぽくて素敵だって散々自慢されて困った。よっぽど気に入ったみたいだな」

食後のコーヒーを楽しんでいる時、匠が思い出したように呟いた。

「うれしいです。作った甲斐がありました」

「華耶にこのネクタイを見せびらかして自慢するのもいいな」

匠は胸元のネクタイを手に取り満足そうに笑う。

「忙しいのにいつも無理を言って悪い。美緒が仕立てた服はどれもセンスがいいって華耶が絶賛するから、つい頼ってしまうんだよな。女子高生へのプレゼントってなにを用意すればいいのかピンとこないし」

困り顔の匠に、美緒はクスリと笑う。

「今年は誕生日以外に高校の進学祝いまでお願いしたのに、その上このクリスマスプレゼントだ。感謝してる」

「いえ、感謝なんて……」

会社の仕事も副業である洋服作りも忙しいが、匠が喜んでくれるのならなにをおいても引き受けると決めている。

匠から華耶へのプレゼントを頼まれるたび、匠との縁が続いていると確認できて、安心するのだ。

「クリスマスプレゼントは、高校生になった途端ぐっと大人びた華耶ちゃんに合わせてシックなデザインのワンピースにしたんです」

今年仕立てたのは胸元と袖の部分がレース仕様で、フレアタイプのスカート部分は光沢のあるシルクのワンピースだ。高校生が着ても背伸びしていると見えないようハイウエストの切り替え部分にはリボンベルトをあしらっている。

美緒にとっても自信作で、華耶がそれほど気に入ってくれたのならうれしい。

「今年も大好きな紫がいいってリクエストされて、それは外せませんでした」

「そういえば美緒が初めて作ってくれたポーチも紫だったな」

それは六年前に美緒が作った《ｋａｙａ》と金糸の刺繍が入ったベルベットのポーチだ。

「あの頃はかわいらしい小学生だったのに、今はもう高校生なんて信じられませんね」

華耶は今では百五十八センチの美緒よりも背が高く、スタイリストの母親の影響かメイクも手慣れている。

美緒は当時を思い返し、懐かしさに目を細めた。

大学二年生の十一月、美緒は匠から親戚の九歳の女の子のためになにか作ってもらえないかと頼まれた。

美緒がネットで自ら仕立てた洋服を販売していることを、匠は以前から知っていたからだ。

既製品を販売していた美緒が製作の依頼を直接受けるのは初めてで、おまけに相手は美緒が密かに憧れている匠だ。

ふたつ返事でＯＫし、華耶のために彼女が好きだという紫色のポーチを作った。

後日そのポーチを気に入った京佳からも同じ物が欲しいという依頼を受けたことがきっかけで親交が深まり、ふたりとは今も親しい付き合いが続いている。

「美緒の手作りには敵《かな》わないけど」

匠は傍らのビジネスバッグからクリスマス仕様の紙袋を取り出すと、美緒の手元に差し出した。

「気が合うな。今年色々お願いした礼も兼ねて、俺からもクリスマスプレゼント。美緒が喜ぶ自信があるんだけど……開けてみて」

「え、いいんですか？　ありがとうございます」

反応をうかがう匠に戸惑いながら、美緒は慎重に紙袋の中身を取り出した。

「これって」

美緒は重みのある中身を確認し、小さく声をあげた。

匠が美緒に用意したのは、半年程前に発売されたフランスの有名デザイナーの作品集だった。

発売と同時に完売するほどの人気で、美緒は手に入れることができなかった。

「どこで？　どうやって手に入れたんですか？」

美緒は声を詰まらせ匠と作品集を交互に見つめる。

「仕事関係の伝手《つて》があったんだ。前に美緒が予約すらできなかったって落ち込んでたから、ちょっと本気を出してみた」

匠は得意げに笑う。

「ありがとうございます。私、彼女の作品が大好きで。将来は彼女のような洋服を作りたいなと思っていて……だからすごく欲しくて。本当にうれしいです」

美緒は感激で思わず涙ぐむ。諦めていた物を手にすることができた喜びはもちろん、匠が美緒の欲しいものを覚えていて、わざわざ手に入れてくれた気持ちがうれしくてたまらない。

「一生大切にします」

声を震わせ、美緒は作品集を胸に抱いた。

「大袈裟だな。でもそこまで喜んでもらえてよかった」

匠は目尻を下げ、くしゃりと笑った。

それは学生時代から何度も見てきた、優しさと情に溢れた笑顔だ。

美緒の胸に鈍い痛みが広がった。

匠の笑顔は昔も今も変わらない。美緒が困った時にはそっと寄り添い手を差し伸べてくれ、その笑顔で力づけてくれた。

卒業後も続く繋がりに感謝しているのは確かだが、学生時代と同じ笑顔を向けられるたび、複雑な思いがじわじわと込み上げてくる。

匠にとって美緒は、今も昔も後輩のひとり。

その事実を突きつけられているようで、切ない。

この作品集も単なるクリスマスプレゼントでしかなく、それ以上の気持ちはないはずだ。

美緒はとうの昔に納得したはずの事実を改めて実感し、こうして匠と過ごせるだけで満足しなければと自分に言い聞かせた。

「冷めないうちに食べよう」

「……そうですね」

美緒は笑顔をつくり、カトラリーに手を伸ばした。

翌週、美緒は年内に仕上げなければならない業務に追われ、連日残業を続けていた。

経理処理はもちろん、年明け早々の受注を目指している案件の最終確認など、手元に抱えている量はかなり多い。

今も広報部から送られてきた次年度の会社案内の原稿チェックをしていて、締め切りは十分後に迫っている。

担当した営業部の紹介ページに大きな問題はなさそうだ。

美緒は凝り固まった身体をほぐすように、椅子の上で身体を伸ばした。

その途端、欠伸《あくび》が出そうになり、慌てて両手で口を押さえた。

その理由はわかっている。副業である洋服のネット販売が順調で、ここ数日製作に追われ寝不足が続いているからだ。

これまで月に十件前後の注文が入る程度だったが、今はその三倍に増えている。

おかげで睡眠不足が続き、今朝もミシンの前で目が覚めた時には出勤時間まで一時間しかなかった。

美緒ひとりで発送や事務処理まで完結させているので時間が足りず、最近はこれまでになく本業との両立の難しさを痛感している。

そこまでして副業を続けることが正しいとは思わないが、いつか自分のブランドを立ち上げたいという夢を叶えたくてつい無理をしてしまう。

それだけでなく、経済的に厳しい中でも美緒の夢を応援し、大学を卒業させてくれた家族にいつか恩返しがしたい。

その思いがいつも心の中にあり、注文すべてに応えようと踏ん張っているのだ。

もちろんこの生活を長く続けられるとは考えていない。なにより本業をおろそかにするのは論外だ。

美緒は椅子の上で姿勢を正し、改めてパソコンの画面に集中した。

「これはＯＫ」

確認した原稿にチェックを入れ、広報の担当者に返送した。

今日終わらせるべき業務はこれですべて終わり、締め切り間近の業務も完了しているが、急遽入ってきた明日の打ち合わせで使う資料作りがまだ残っている。

時計を見ると十五時を過ぎていた。

今日は兄の家に行く予定なので終業時刻に退社するつもりでいたが、残業は確実だ。

美緒は手早くデスク周りを整え、資料作りに取りかかる。

まずは仕事が最優先。少しでも早く終えられるよう気合を入れた。

「俺、余裕あるんでいくつか引き受けますよ」

その時、隣の席から声をかけられた。後輩の佐山《さやま》だ。

「え、全部終わったの？」

美緒は驚きの声をあげた。

平然と答える佐山は、かわいらしい顔立ちで人懐こい性格のせいか、誰からもかわいがられている。

人見知りな上に男性に対して苦手意識がある美緒は、自分から相手との距離をなかなか詰められない。初対面でも物怖じせず相手の懐に入り込める佐山のことを、いつも羨ましく思っている。

「白川さんに頼まれた決裁の確認ならとっくに終わって課長に承認をもらいました。それに江川《えがわ》スポーツさんの新年大運動会の昼食メニューも仕上げて栄養管理部に送りました。余力も十分なんで、手伝いますよ」

佐山は大袈裟な身振りで完了済みのタスクを指折り数え、ニヤリと笑った。

「ありがとう、助かる。でも、大丈夫？　他にもあるでしょう？」

恐縮する美緒に、佐山は軽く肩を竦めた。

「年内の業務ならほぼ完了してます。年末から彼女と旅行なんで前倒しで終わらせました。だから白川さんの仕事をカバーするくらいの余裕はあるんですよね」

「彼女と……それは楽しみだね。じゃあ、申し訳ないけどお願いします」

これではどちらが先輩なのかわからない。

「当然です」

佐山はパソコンに必要なデータを呼び出し、すでに作業に集中している。

「こっちはやっておくので、別の作業を続けて下さい。白川さんが優秀なのはわかってますけど、仕事を抱え込むのもほどほどにしないと、いつまでも目の下の隈が消えませんよ」

「えっ」

淡々とした佐山の言葉に美緒はハッとし、両手を目元に当てた。

「隈って、あの、やっぱり目立ってる？」

「メイクでごまかせない程度には。体調が悪いんですか？　少し休憩を取った方がよさそうですよ」

「ありがとう。でも大丈夫だから」

佐山の指摘には自覚があるだけに、否定できない。

「じゃあ、申し訳ないけど、それはお願い」

心苦しく思いながらもここは佐山に頼ることにした。

佐山のおかげで定時内に仕事の区切りをつけることができた美緒は、会社を出たその足で兄の悠真《ゆうま》の自宅を訪ねた。

九歳年上の悠真は美緒の大学入学と同時にそれまでふたりで暮らしていた家を出て、職場近くのマンションで恋人の天野千咲《あまのちさき》と暮らしている。

悠真は昔から美緒に過保護で甘い。

美緒が五歳の時に起きた事件がきっかけだ。

スーパーで同級生とばったり顔を合わせた悠真が目を離した隙に、美緒が男性に連れ去られそうになったのだ。

すぐに気付いた悠真が追いかけ美緒は無事だったが、その日以来悠真の美緒への過保護ぶりは加速した。

美緒が中等部二年の時に、両親が経営していた食品会社を廃業し母親の実家のオーベルジュを引き継ぐために長野《ながの》に移り住んでからは、必要以上に美緒を心配するようになった。

両親に代わって自分が妹を守らなければと、責任を感じたのだろう。

その気持ちにはもちろん感謝しているが、美緒も二十六歳でひとり暮らしも順調だ。

悠真には妹のことよりも、まずは自分自身そして恋人の千咲を優先してほしいと思っている。

「丈もぴったりだし、デコルテも綺麗に見えて素敵。美緒ちゃん、本当にありがとう」

千咲はリビングに置いた全身鏡の前に立ち、深紅のパーティードレスを身につけた自身の姿に声を弾ませた。

このドレスは年明けに友人の結婚披露宴に出席する千咲のために美緒が仕立てた。シフォン素材のドレスはカシュクールの胸元が艶やかで、同系色のサテンで縁取った裾とたっぷり作ったフレアが、千咲の長い足をさらに綺麗に見せている。

美緒は今日、このドレスを届けに来たのだ。

「色白の千咲さんには濃い色が映えますね。すごく似合ってます」

丸く大きな瞳と形のいい薄い唇。はっきりとした顔立ちは、深紅の華やかさに少しも負けていない。

美緒は手直しの必要がないか丁寧に確認し、とくに問題はないと安心する。

「忙しいのに急にお願いしてごめんね。百貨店かどこかの店に吊ってある服を適当に買おうと思ってたんだけど、悠真が美緒ちゃんに頼んでやる、俺からのプレゼントだって言い出しちゃって。いくらでも請求していいからね」

申し訳なさそうに謝る千咲に、美緒は慌てて首を横に振る。

「費用は前払いだって言って十分もらったので大丈夫です。逆に私の方が申し訳なくて。今回もお兄ちゃんに押し切られちゃったんですよね。ごめんなさい」

悠真のことだ、千咲の優しさに甘えて強引に話を進めたに違いない。

「美緒が作る服は最高だとか言って、千咲さんを無理矢理納得させたんじゃないですか？ 百貨店の方が素敵なドレスが並んでるはずなのに、なかなか妹離れできない兄で、申し訳ないです」

千咲とは大学時代から十年以上の付き合いだとはいえ、その気安さに甘えた悠真の配慮のなさに、美緒はため息を吐いた。

今回のことに限らず、千咲の懐の深さがなければふたりの付き合いが今も続いているとは思えない。

「いいのよ。それが悠真の長所だから気にしてないわよ。それにこのドレスすごく着心地がいいし素敵。今まで買わせてもらった美緒ちゃんの服も気に入ってるの。悠真が強気で勧めるのも当然よね」

千咲は美緒を安心させるような穏やかな笑顔で頷いた。

「あ、美緒ちゃん夕食はまだよね。おでんでよかったら食べていかない？ 悠真もそろそろ帰ってくるはずだし、どうかな」

「いいんですか？」

「もちろん。大勢の方が美味しいし。是非是非」

「じゃあ、ごちそうになります」

美緒は目を輝かせた。

「こたつっていいですね」

美緒はリビングのこたつに入り、しみじみと呟いた。

悠真たちの家に来るたびいつも思うが、この家は居心地抜群だ。

そこかしこに生活感が感じられるリビングには悠真と千咲の服や本が積まれていて、片隅には千咲が最近始めたというヨガマットが広げられたまま。

キッチンを覗くと産地から取り寄せているという野菜が入った段ボールや、ふたりが目がないワインの空き瓶がいくつも並んでいる。

雑多で穏やかな空気に満ちた家。そこで幸せに暮らすふたりの日常が垣間見える。

今もキッチンから漂うおでんの美味しそうな香りに幸せな気持ちになっている。

「お兄ちゃんって相変わらず忙しいんですか？」

悠真は大手食品メーカー『小笹食品《おざさしょくひん》』で営業をしている。本人が言うには営業成績抜群のやり手の営業マンだそうだ。

「月の半分は出張で飛び回ってるわね」

千咲はあっさり答えながら、美緒の手元に温かいお茶を差し出した。

「寂しくないですか？」

「私も勤務が不規則だから、ちょうどいいかも」

近隣地域で最多の病床数を誇る総合病院で内科医として勤務する千咲は、当直もあり生活のリズムは不規則だ。悠真と数日顔を合わせないこともしょっちゅうだと聞いている。

「こういう生活が長いから、慣れちゃったし」

「そういうものなんですね」

悠真と千咲が付き合い始めて十年以上、そして同居を始めてからも五年以上が経ち、ふたりの関係には余裕が生まれているのか、千咲に寂しい様子は見えない。

ベテラン夫婦のようなふたりの落ち着いた空気感は恋愛経験ゼロの美緒にとっては未知の領域で、自然と憧れと羨ましさが混じった目で見てしまう。

何度か話の流れで結婚の話題になったことはあるものの、ふたりの口から具体的な話を聞いたことはない。

以前千咲は、地方でひとりで暮らしている母から戻ってくるように言われているが、今は東京で医者としての経験を積みたいから帰れないと言っていた。

その上都内に生活の拠点を持つ悠真と結婚するとなれば、さらに地元に戻りづらくなる。もしかしたらそれが、結婚に踏み切れない理由のひとつなのかもしれない。

美緒は「おでんの具合を見てくるね」と言ってこたつから離れた千咲の背中を眺めながら、どうにかならないものかと肩を落とした。

それがすべてではないが、ふたりが望むのなら結婚して幸せになってほしい。

この家に来るたびそう思えて仕方がない。

「あ、そうだ。美緒ちゃんから借りてる本、読み終わったから持って帰ってね。すごく面白《おもしろ》かったわよ。ありがとう。えっと……そこの本棚の端に立ててあると思う」

「わかりました。探してみますね」

美緒は千咲の声に答え、壁付けの本棚を覗いた。

「あ、これだ……きゃっ」

探していた本を取り出した弾みで、隣に並んでいた本や雑誌が足もとに落ちてきた。

「いい感じでおでんが出来《でき》上がったわよ。悠真も早く帰ってきたらいいのに。八時までには帰るって連絡があったんだけど……」

キッチンから千咲の明るい声が届く。

「そろそろですね。それよりごめんなさい。本が落ちちゃって。え、なんだろ」

美緒は散らばった本や雑誌の上に、落ちた拍子にぱかりと開いた台紙を見つけた。

「これって……」

拾い上げた台紙には、スーツ姿で真面目な表情を浮かべる男性の写真が貼りつけられている。

「お見合い写真?」

それ以外考えられない。

だとすると、この写真の男性は千咲の見合い相手ということだろうか。

美緒はわけがわからずまじまじと写真を見つめる。

「かぼちゃのプリンって好き? たくさん作ったから持って帰っても……あ、それ」

キッチンから顔を出した千咲は美緒が手にしている台紙に気付き、苦笑した。

「驚かせてごめんね。母が結婚しなさいとか孫の顔が見たいとかうるさくて、強引に置いていったの。もちろんお見合いなんて全然興味ないから」

千咲は落ち着いた声で説明すると、美緒から台紙を受け取った。

「そうなんですね」

地方でひとりで暮らしている千咲の母も、寂しいのだろう。

「お兄ちゃんはこのことを知ってるんですか?」

優しい千咲のことだから悠真には伝えていないだろうと思いつつ、美緒は尋ねた。

「言うつもりはないの。悠真が知ったら心配するだろうし、追い詰めたくないから」

千咲はぎこちない口ぶりでそう言うと、美緒から視線を逸らした。

「千咲さん?」

どこか気もそぞろな千咲に違和感を覚え、美緒は首を傾げた。

「母の気持ちはわかるけど、お見合いをするつもりはないの。結婚するなら相手は悠真しか考えられないから。母も本当はそれを望んで……ううん。なんでもないの。あ、ごめんね。こんなの見ていい気分じゃないわよね。母に送り返すつもりだから、忘れてね」

千咲は部屋の隅に置いていたバッグに見合い写真を忍ばせた。

「それにしてもお腹がすいたわね。悠真に今どの辺りにいるか聞いてみようかな」

千咲は見合いの話は終わりとばかりに明るい笑みを浮かべ、スマホを手に取った。


「やっぱり美緒に頼んで正解だったな」

ビールが入ったグラスを手に、悠真が満足そうに笑っている。

千咲がメッセージを送ってすぐに帰宅した悠真は、部屋に入ってくるなり美緒が届けたドレスを眺め、誇らしげに頷いていた。

『千咲がより魅力的に見えるようなドレスを仕立ててくれ』

そんな悠真からのリクエストに無事に応えられたようで、美緒はホッとした。

「そうね、大正解。上品な華やかさがあるのに適度に色っぽくて素敵。早く披露宴で友達に自慢したい」

そう言って悠真と笑い合う千咲はとても幸せそうだ。ビールのせいかほんの少し頬が赤く、とろんとした目はとてもかわいらしい。

悠真と一緒にいられるのが、心底うれしいのだろう。

「今日のおでんも俺の好物の大根が主役だな」

悠真は弾む声をあげ、鍋に箸を伸ばした。

「美緒もどんどん食べろよ」

「うん、ありがとう」

美緒は箸を進めながら、向かいに座る千咲にチラリと視線を向けた。

千咲はテレビを見ながら芸人のコントに笑い声をあげている。

いつもと変わらない明るい声を聞いていると、さっき見たお見合い写真などなかったかのようだ。

美緒は千咲がお見合い写真をしまったバッグが気になり、そっと視線を向けた。

千咲の母は、よほど千咲に地元に戻ってほしいに違いない。

悠真はそのことをどう考えているのだろう。

千咲にべた惚れの悠真のことだ、今日にでも千咲と結婚したいに違いない。

けれど千咲の母親の心情を汲《く》んで、我慢しているのかもしれない。

「あ、かぼちゃプリンも食べるよね。今までで一番上手にできたから、期待してて」

千咲は言い終わらないうちに腰を上げ、キッチンへと向かう。

「あ、大丈夫です。お腹いっぱいだしそろそろ帰ります」

美緒は慌てて千咲の背に声をかけた。

「昨夜時間があったから作っておいたの。ちょっと待ってて」

「でも……」

気付けば二十二時を過ぎている。明日は朝から仕事だと言っていた千咲のためにもそろそろ帰った方がいいだろう。

それに千咲のお見合いのことが気になって、正直プリンどころではない。

自分になにができるわけではないが、早くひとりになって落ち着いて考えてみたい。

「コーヒーも淹れるから少し待っててね」

千咲の声が聞こえたと同時に、悠真が立ち上がった。

「コーヒーなら俺が淹れるよ」

足取り軽く千咲のもとに向かう悠真の横顔を見上げながら、美緒はグラスに残っていたビールを口にした。


「ん……寝ちゃった……？」

ふと意識が揺れ、美緒はゆっくりと瞼《まぶた》を上げた。

目の前には見覚えのある水玉模様。ぼんやり眺めているうちに、それがこたつ布団だと気付いた。いつの間にかこたつの温かさに体を埋《うず》め、眠っていたようだ。

ゆっくり視線を動かすと、部屋の片隅に並んで立つ悠真と千咲の背が見える。

「お兄ちゃん、ごめんな――」

「だからお見合いはしないから。山田《やまだ》のおじさんにはお断りしておいて」

身体を起こそうとしたと同時に千咲の張りつめた声が聞こえ、美緒はとっさに動きを止めた。

こたつに寝転ぶ美緒に背を向け、千咲が誰かと電話をしているようだ。

こたつの中から顔を出し、こっそり目を凝らす。

「……うん、悠真とはうまくいってるから心配しなくて大丈夫。え、結婚？　それは、まだ決まってない……違うって、私も悠真も仕事が忙しくて、今はそのタイミングじゃないし。母さん、ごめん。悪いけど明日早いから切るね。また電話する。身体には気をつけてね。じゃあ」

電話の相手は千咲の母親だった。

「見合いの話があったんだな」

悠真の固い声が部屋に響き、美緒は息を詰めた。

千咲は悠真に見合いの話を伝えるつもりはないと話していたが、知られたみたいだ。

「ごめんなさい。すぐに断ったし、心配すると思って言わなかったの」

しゅんとした千咲の肩を、悠真は抱き寄せる。

その拍子に悠真の向きが変わり、厳しい表情が見えた。眉を寄せ唇を引き結んだ顔は、ひどく悲しそうだ。

「謝るのは俺の方だ」

「違うっ、悠真が悪いわけじゃない」

「いや、俺が千咲との結婚を先延ばしにしているせいで、お母さんが心配して見合いの話を用意したんだろう？　実家を引き払って東京《とうきょう》に来てくれる決心をしてくれたのに申し訳ない。俺が結婚を待ってもらっているせいで、千咲もつらいよな」

「それはいいの。悠真の気持ちは理解してるから気にしないで。それに私は悠真と一緒にいられるだけで幸せだから」

美緒は目を瞬かせた。

千咲の母親が地元を引き払おうとしている話は初耳だ。それに悠真が千咲との結婚を渋っているようだが、どういうことだろう。

周囲がうんざりするほどの溺愛ぶりで千咲を大切にしているのに、どうして結婚しないのか、わけがわからない。

すると悠真は千咲の頬に両手を添え、まっすぐ彼女を見つめた。

「俺は美緒が結婚して幸せになるのを見届けるまでは結婚しないつもりだ。俺のわがままに巻き込んで、それにお母さんにも心配をかけて、本当にごめん。だけど俺のせいで美緒が男に対して不安を持つようになってしまったんだ。俺だけが幸せになるわけにはいかない」

部屋に重く響いた悠真の言葉に、美緒は漏れそうになった声をぐっと飲み込んだ。

その晩、美緒は自宅に帰ってからも悠真と千咲のことが頭から離れなかった。

まさか自分のせいで悠真が結婚を渋っているとは、想像もしていなかったのだ。

美緒はリビングのソファの背に勢いよく身体を預け、ため息を吐いた。

悠真は子どもの頃から成績優秀でスポーツも万能、明るく人柄も抜群。欠点など見当たらない。ただひとつ、美緒に過剰な愛情を注ぐことを除いては。

その原因は、美緒が五歳の時に男に連れ去られそうになったあの事件だ。

未遂に終わり犯人も警察に捕まったが、事件がきっかけで美緒は男性に対する苦手意識を持つようになった。

男女が複数交じるグループ活動や人混みは平気だが、男性と一対一の状況になると不安になり落ち着かなくなったのだ。

ただ成長するにつれて改善し、匠への恋心が芽生えてからは不思議と匠とだけはふたりきりになっても不安な気持ちにはならない。

それどころか匠と過ごす時間が少しでも長く続けばいいと願ってしまうほどだ。

会社という組織で働き始めてからは、相手の性別を意識していては仕事が停滞し周囲に迷惑がかかる。それに対する責任感が上回るのか、苦手意識も薄らいでいった。

事件から二十年以上が経った今、緩やかに作用していた日にち薬が効果を発揮したのかもしれない。

美緒自身でさえそれを認識したのは最近のことで、悠真が気付いていないのは仕方がない。

今もまだ、自分のせいで美緒が男性への苦手意識に苦しんでいるという罪悪感を抱えているのだろう。

美緒のこととなると、悠真は些細なことでも大きな心配に変換する。もう大丈夫だと伝えても簡単には納得せず、それこそ美緒が結婚するまで自分を責め続けるに決まっている。

「私、勘違いしてたんだな……」

ふたりが結婚しないのは千咲の事情を優先しているからだと考えていたが、それは大きな勘違いで、悠真の美緒への愛情、そして罪悪感が理由だった。

話を聞く限り千咲は悠真とすぐにでも結婚したいはずだ。

「どうしたらいいんだろう」

自分が結婚しなければ悠真と千咲は結婚できない。

美緒はふたりを思い、ソファの上で膝を抱えた。

両親が長野に居を移して以来、悠真は美緒の保護者として気を配り面倒を見てきた。

経済状況を考えれば大学進学を諦めるべきところを、被服の勉強がしたいなら遠慮するなと言って、両親とともに学費も用意してくれた。

美緒は奨学金の利用や、働いて自分で学費を用意してからの進学も考えたが、悠真は妹の夢を後押しするのは家族の喜びだと言って、進学するよう後押ししてくれた。

結局家族の優しさに甘えて進学したが、生活費は自分で用意しなければと考え、洋服や雑貨などを作ってネットでの販売を始めた。

半年を過ぎた頃から生活費を賄える程度の利益をあげられるようになり、大学を無事に卒業できた。

美緒が学業と洋服作りに時間を割けるよう心を砕き、頻繁に食事の差し入れをしたり、発送作業をサポートしてくれたりしたのも悠真だ。

悠真のおかげで大学を卒業できたようなもので、美緒は心から感謝している。

そして悠真とともに美緒の自立を応援し、困った時には手を差し伸べてくれる千咲は、頼りになる姉のような存在。

だからふたりには、どうしても幸せになってほしい。

とはいえふたりが結婚し幸せになるには自分が結婚しなければならない。

「そんなの無理」

中学生の時から今日まで、男性への苦手意識があったこともあり恋愛には縁がなかった人生だ。この先結婚できる自信はない。

だとすれば、悠真は一生千咲と結婚しないということだろうか。

「どうしよう」

打つ手のなさに落ち込み、美緒はソファに突っ伏した。

するとその時、ローテーブルに置いていたスマホがメッセージの着信を告げた。

もぞもぞと身体を起こしスマホを手に取ると、匠からのメッセージが届いていた。

【クリスマスプレゼントのお礼がしたいから、ふたりで今年最後の食事に行かないか?】

美緒はスマホの画面をまじまじと見つめる。

この間会ったばかり。おまけに年末は忙しいはずの匠からの誘いに、美緒は首を傾げた。

【お誘いありがとうございます。匠先輩のお仕事は大丈夫ですか?】

すぐに既読がつき、返事が届く。

【問題ない。美緒が気に入りそうな店があるから、忙しくなければ一緒にどうかな】

「一緒に……」

思わず誤解してしまいそうな言葉に美緒はドキリとする。もちろん美緒にはなんの問題もない。

けれどこの間はふたりで会うのがたまたまクリスマス近くだったので、思い切ってプレゼントを用意したが、あの日美緒も匠からプレゼントをもらっている。

それも、どう考えても美緒が贈ったネクタイよりも高価で貴重な作品集だ。プレゼントのお礼なら、自分の方が考えるべきだ。

お礼をしてもらう理由などないとわかっていても、匠からの誘いは断りたくない。

高鳴る鼓動に指を震わせながら、美緒はメッセージを送った。

【大丈夫です。是非行かせて下さい】


副業の洋服作りに没頭し、ケーキのひとつも食べずに過ごしたクリスマスから数日。

年内最後の仕事を終えた美緒は、匠と向かい合い鍋料理を楽しんでいた。

ここは匠の自宅近くに最近オープンした和食店で、提供される食材はすべてオーナーが現地で買いつけた新鮮で上質なものばかり。連日の盛況ぶりが、ＳＮＳでも話題になっている。

混み合っていたが、匠が事前に予約していたおかげですぐに個室に案内された。

「食材の美味しさは噂通りですが、お出汁《だし》も絶品ですね」

利尻昆布《りしり》を使っているという出汁はスッキリとしていて食材の味を引き立てている。鍋をメインにしたコース料理にはお造りをはじめ野菜の煮物や茶碗蒸し、酢の物なども添えられていて、どれも抜群の美味しさだ。

「同僚たちと来た時に、あまりにもうまくて美緒にも食べてほしくなったんだ。年末の忙しい時に誘って悪かったな」

「いえ、全然です」

たとえどれほど忙しくても、匠からの誘いなら都合をつけて駆けつける自信がある。

「最近は佐山君の方が忙しくて、彼のアシストに回ってる感じなんです」

佐山は来期の新規契約に向けての営業活動に力を入れていて、美緒が営業先の企業レポートを作成する機会が増えている。

「私も助けられることが多いので、ふたりで頑張ってます」

「佐山って、後輩だったよな」

匠は食事の手を止め箸を置くと、眉を寄せ固い声で尋ねた。

「そうなんです。前に話した優秀すぎる新入社員です」

佐山を見ていると匠を思い出すことがあり、今もつい佐山の名前を口にした。

匠の仕事ぶりを直接見たことはないが、佐山のように、というよりそれ以上にスマートに仕事に向き合っている姿をつい想像してしまうのだ。

恥ずかしくてそのことは匠には言っていないが、話の流れで佐山の話題が出たことがあり、匠も佐山の存在を知っている。

「あ、あの。今日は声をかけてもらえてうれしいです。ありがとうございます」

まさか会社で匠のことを思い出すことがあるなど、恥ずかしくて知られたくない。

美緒は平静を装い話題を変えた。

「私は今日が仕事納めで大丈夫ですけど、匠先輩の方が忙しいんじゃないですか？」

匠は一瞬なにか言いかけたが、気を取り直したように息をひとつ吐き出し再び箸を手に取った。

「俺は昨日が仕事納め。とはいっても出張先から今朝帰ってきて、そのまま家の大掃除だ。まあハウスクリーニングの業者にお任せだから、プロの技術に感心してるだけだったけど」

普段目にするスーツ姿と違い、今日の匠は黒いタートルネックのニットと細身のデニム。清潔感がある短めの髪をラフに整えカジュアルな装いだ。

仕事から離れているせいか、表情も穏やかで口調もいつも以上に柔らかい。

キリリとした匠も素敵だが、ふたりきりの時にこうして気を許した顔を見られるのはやはりうれしい。自分が匠にとって特別な存在のような気がするのだ。

けれど、それは錯覚だ。

美緒は心に浮かんだ思いに慌てて蓋をする。

自分は単なる後輩で、長く付き合いが続いているのも面倒見がいい匠の優しさのおかげ。

この先ふたりの関係性に変化があるはずもなく、今日のように会う機会をつくってもらえるだけで満足しなければ。

美緒はこれまで何度も自分に言い聞かせてきた現実を改めて思い出し、調子に乗らないよう自制した。

「年末年始は副業の方も休めるのか？　正月は毎年お兄さんと過ごしてたよな」

「あ……はい。今年も兄たちと年越しの予定なんです。でも、今年はちょっと悩んでいて」

明るく答えつつも、次第に声が小さくなる。

「ん？　他に予定でもあるのか？」

匠は怪訝《けげん》そうに呟く。

「いえ、予定はないんです。ただ、兄たちと顔を合わせにくいというか」

「喧嘩でもした？」

「喧嘩……は、してませんけど」

美緒は言葉を濁す。

悠真と千咲が結婚しない理由を知って以来、ふたりに会いづらく、それどころか年末年始の件で電話がかかってきても、うまく話せずにいるのだ。

なにも知らない振りでふたりと正月を過ごすのは、難しい。

匠は手にしていた箸を置き、心配そうに美緒の顔を覗き込む。

「お兄さんとは仲がよかったよな。なにかあったのか？」

「あ、違うんです。大丈夫です。せっかく美味しいお料理をいただいているのに、気を使わせてごめんなさい」

美緒は笑顔をつくり、手元のお茶を飲み干した。

「そういえばお兄さんには一緒に暮らしている恋人がいるって言ってたけど、結婚でも決まったのか？」

美緒は小さく肩を揺らした。

「やっぱりそうか。美緒を相当かわいがってるみたいだけど、美緒もお兄さんのことが大好きだよな。寂しくて拗《す》ねるのもわかるけど、賛成してあげたらどうだ？」

「違うんです。そうじゃなくて、逆なんです」

「逆？」

美緒は小さくため息を吐いた。

「拗ねるどころか私は兄に結婚してほしいんです。もちろん兄も千咲さんも、結婚したいはずなんです。だけど、私のせいで兄は結婚しないって言っていて」

これは個人的な問題だ。関係のない匠に話すべきではないとわかっているが、悩み疲れたせいか愚痴にも似た思いがつい口からこぼれ落ちる。

「美緒のせい？　美緒はお兄さんの結婚に賛成なんだろう？」

美緒は即座に頷く。

「大賛成です。それどころか千咲さんと一緒に暮らし始めた時に結婚するように何度も言ったんです。だけど、その時は曖昧《あいまい》にごまかされて」

美緒は当時を思い出し、肩を落とした。

「兄は私が結婚するまで自分は結婚しないと決めているんです」

「え？」

匠はわけがわからないとばかりに首を傾げた。

「俺には兄弟がいないからピンとこないが、それってお兄さんはよっぽど美緒のことがかわいくて、心配してるってことなのか？」

「そうなんです。私が五歳の時からはとくにそうで、両親より過保護なんです」

「五歳？　……あの事件が理由で？」

匠は声を落とし、美緒の反応を気遣いながら問いかける。

美緒は小さく頷いた。

匠は連れ去りのことを知っていて、学生時代は美緒が男性とふたりきりにならないようなにかと配慮してくれた。

今も美緒の気持ちを考え言葉を選んでいるのがわかる。

「兄は今もその時のことに責任を感じていて。だから私が結婚して幸せになるまで、自分は結婚しないつもりなんです」

「美緒が結婚するまで、か。美緒のことがそれだけ心配ってことだな。連れ去られそうになった美緒を助けたのも、お兄さんなんだろ？」

「そうです。兄がすぐに追いかけてきてくれたおかげで未遂で終わって、犯人は警備員に引き渡されたんですが……」

悠真や両親の話では、犯人はそれまでにも何度か女児に声をかけては店から連れ出そうとしていた常習犯だそうだ。

その事件以来悠真の過保護ぶりは加速し、両親以上に美緒を気にかけ甘やかすようになった。

千咲との同居を始める時にも、美緒をひとり残すことにかなり悩んでいた。

最終的には研修医だった千咲が体調を崩してしまい、彼女が心配でようやく同居を決めたほどだ。

悠真の真意を知った時の動揺がまだ続いているのか、ひとり抱えていた思いが次々と溢れ出る。

「実は千咲さんにお見合いの話が出ているんです。私のせいでふたりが結婚しないなんて、申し訳なくて。私、いつも幸せそうなふたりが羨ましくて、憧れなんです。いつかふたりのような関係を築ける相手と結婚できたらって思ったりもします」

その相手が匠ならどれほど幸せだろう。

ふと頭に浮かんだ思いを、美緒は慌ててうち捨てる。そんなことは、あり得ない。

「恋人がいたこともない私がすぐに結婚できるわけがないんです。でも私の結婚を待っていたら、兄たちはいつ結婚できるかわからないし……早く結婚しなきゃって初めて考えてます」

母親が置いて帰ったという見合い写真を苦しげに手にしていた千咲を思い出し、美緒はさらに胸が痛くなる。

自分に結婚の予定さえあれば。

悠真たちの幸せの邪魔をしている自分自身が情けない。

美緒は湯気をあげている鍋をぼんやり眺めながら、唇をかみしめた。

「じゃあ、俺と結婚すればいい」

「え？」

空耳だろうか。不意に聞こえた匠の声に、美緒は俯いていた顔を上げた。

「結婚……？」

「ああ。美緒が結婚すれば、お兄さんの問題は解決するんだろう？」

「えっと、あの……冗談ですよね？」

美緒は匠の顔をまじまじと見つめた。どう考えても匠と自分が結婚できるとは思えない。

「冗談で結婚しようなんて言うつもりはない」

匠の真剣な声に、美緒は瞬きを繰り返す。

「あの、兄のことは解決するかもしれませんが、だからって匠先輩が私と結婚するなんて、あり得ません」

匠は昔から美緒に困り事があるたび最適なアドバイスをくれたが、自分たちが結婚するというのはその域を超えている。

それはわかっていても、つい匠との結婚を想像してドキドキする。

「いきなりこんな話をされて、驚いたよな」

匠はふっと口元を緩めた。

「もちろんです」

いきなりかどうかにかかわらず、結婚しようと言われて驚かないわけがない。

それも相手は匠だ。大企業の次期社長という立場を考えれば、彼が美緒との結婚を望んでいるとは思えない。生きている世界が違いすぎるのだ。

好きだと想いを伝えることだけでなく、夢見ることすら諦めていた匠との結婚。

ふたりの立場があまりにも違いすぎて、美緒にとっては絶対に叶わない、願うことさえ許されない夢だ。

「それに私と結婚しても、匠先輩にはメリットがないのに……」

メリットどころか会社を背負って立つ匠の足を、引っ張ってしまいそうだ。

「それは違う。俺にもメリットはある。いや、俺の方が多いと言った方が正しいな」

匠は美緒に向き直り、表情を改めた。

「見合いの話がいくつもあって、うんざりしてるんだ」

「お見合い？」

これまで匠の口からそんな話が出た記憶はない。

「父は結婚してこそ後継者として一人前だって信じていて、俺が結婚するまで見合いの話を何度も用意するはずだ。だが結婚すれば、父からの面倒な干渉から解放されて仕事に集中できる。だから美緒との結婚は俺にとっても都合がいいんだよ」

匠は淡々とそう言って、息を吐いた。

「正直、最近は両親と会うのが面倒で、実家には滅多に顔を出してない」

「そうだったんですか」

匠が近い将来結婚するかもしれない。

そう考えた途端、胸の奥に重いなにかが入り込んだような苦しさが広がった。

「それに、美緒の結婚相手として俺以上に適任の男がいるとは思えないんだけどな。これだけ長い間連絡を取り合っていて、子どもの頃の事件のことも知っている俺ならお兄さんを納得させるのにもってこいだろう」

畳みかけるような匠の言葉に、美緒は心の中で頷いた。美緒の状況や過去の事件を考えれば、結婚相手として匠以上に適した男性はいない。

匠にだけは苦手意識を感じたことはなく、むしろふたりで会えるのをいつも楽しみにしているのだ。

その一番の理由はもちろん匠のことが好きだからだが、匠が連れ去りのことを知っているのも、大きい。

匠に知られた時にはどんな反応が返ってくるかが不安で顔を見ることもできなかったが、匠は同情するでもなく、優しく受け止めてくれた。

それは、中等部一年の時だった。

美緒が文化祭の実行委員として準備に奔走している中で、高等部の男子とふたりきりになる時間があった。人との距離感が近いその男子との作業に終始緊張し、どうにか完了させた途端、軽い過呼吸を起こして廊下でうずくまってしまった。

その時通りかかった匠がすぐさま美緒を抱き上げて、保健室に連れて行ってくれた。

途中ふと目に入った匠の表情は精悍《せいかん》で凛々しく、少しの不安も感じなかった。

それどころか目が合うと「大丈夫だ。俺にしがみついてろ」と優しく声をかけてくれ、そのおかげで気持ちが落ち着き呼吸も少しずつラクになっていった。

『俺がそばにいるから安心していい』

愛おしげに囁かれた言葉に美緒の胸はときめき、まるで王子様に助けられるお姫様のようだと思わずにはいられなかった。

振り返れば、それが匠への想いが単なる憧れではなく、恋だと自覚した瞬間だった。

保健室では、入学時に美緒の男性に対する苦手意識を伝えられていた養護教諭が『男の子とふたりきりになるのは気を付けてね』と、匠がいることを忘れぽろりと口を滑らせた。それがきっかけで、美緒は連れ去りについて匠に打ち明けたのだ。

『だったら俺の衣装を作るのも大変だよな。ふたりきりになる時間もあるのに、気付かなくて悪かった』

匠の悔む声に、美緒はハッとした。

『匠先輩とふたりでいても……大丈夫でした』

憧れの先輩とふたりきりというシチュエーションには緊張し心臓もバクバクしていたが、それは単に照れくさかったからだ。

それに、お嬢様抱っこをされても平気で、それどころか匠の腕に抱かれていると落ち着き、もう少しこのまま……と思うほどだった。

『俺は大丈夫だってことか？』

匠の安堵した表情に、美緒は何度も頷いた。

成長し自身の感情をある程度コントロールできるようになっていたとはいえ、相手が匠だと、少しの不安もなくふたりでいられた。

『私、少しずつ克服してるみたいです』

匠がきっかけで他の男性とも問題なく向き合えるようになるかもしれない。

そんな期待が美緒の顔に出たのだろう、匠は途端に表情を引き締めた。

『今も過呼吸になったばかりなのに、焦らない方がいい』

その日を境に匠は美緒の様子を気にかけ、実行委員の仕事も男子とふたりきりにならないよう配慮してくれた。

『男への苦手意識を克服したいなら、俺に頼れ。いくらでも協力する』

力強い匠の言葉は美緒の胸に響き、匠への想いもいっそう大きくなった。

不定期だが匠が美緒とふたりきりで過ごす時間をつくってくれたおかげか、男性に対する意識も徐々に変化し、日常生活に支障が出ることはなくなった。

今では過呼吸になることもなく、職場で男性とふたりになってもスムーズに話せる上に、自分からも話しかけられる。それもすべて匠のおかげだ。

「見合いを否定するわけじゃないが、よく知らない相手と結婚するのは抵抗がある。だったら気心が知れている美緒と結婚したい」

「あ、はい」

思いにふけっていた美緒は、慌てて匠に視線を戻した。

「でも、それって」

愛し合っての結婚ではなく、お互いのメリットに基づく見せかけの結婚だ。

「契約結婚のようなものだな」

美緒の思いを察した匠の言葉に、小さく息をのんだ。

頭では理解していても、匠がそう口にするとひどく冷たく聞こえて悲しくなる。

「契約結婚……」

なにより仕事を大切にしている匠のことだ、たとえ愛情のない契約結婚をしてでも周囲からの雑音を排除して、仕事に集中したいのだろう。

だからといって、契約結婚などしてもいいのだろうか。それで匠が幸せになるとは思えない。

「匠さん、あの——」

「失礼します」

料理を運んできた仲居の声が、ふすまの向こうから聞こえてきた。

「この話は後でゆっくりしよう。まずは食事を楽しまないともったいない」

一変して柔らかな表情を浮かべた匠に促され、美緒はおずおずと頷いた。

「今日はごちそうさまでした。どのお料理も美味しかったです」

美緒は匠の車が自宅の前に静かに止まるのを待ち、ぎこちない動きでシートベルトを外した。

何度かこの車に乗っているが、今日ほど助手席で緊張していた日はなかった。

「美緒」

エンジンを止めた匠もまたシートベルトを外し、運転席から美緒に顔を向ける。

「さっきの結婚の話だけど、驚かせて悪かった。美緒の気持ちに無頓着だったな」

「大丈夫です。でも、あの」

店からここまでの間、匠の口からその話題が出なかったのでやはり冗談だったのかもしれないと思っていたが、それは違ったようだ。

「店で伝えた通り、俺は美緒と結婚したいと思ってる」

落ち着き払った匠の声が、車内に響く。

その淡々とした口ぶりが、ひどく切ない。

匠が美緒との結婚を望むのは、面倒な見合い話から解放されたいだけで、美緒を愛しているわけではないのだと、念押しされたようだ。

美緒は俯き膝の上に置いた両手を強く握りしめた。

「結婚しても会社を辞めたくなければもちろん続ければいいし、退職して洋服作りに専念しても構わない。美緒が決めたことなら俺は応援する」

匠はそう言うと、助手席の背に手を置き美緒にそっと身体を寄せた。

「お兄さんも安心して結婚するはずだ」

「……きっとそうだと思います」

目の前に匠の形のいい唇が迫り、美緒はそわそわと視線を泳がせた。

ただでさえ狭い車内にふたりきり。吐息すら感じられそうな至近距離に匠の体温が迫り、落ち着かない。

「匠先輩、お気遣いはうれしいんですけど、それだと私のために結婚してもらうみたいだし、この先匠先輩が幸せになる可能性を私が潰してしまうみたいで気が引けます」

洋服作りに専念できると考えるとワクワクするが、匠から愛する人と幸せな結婚をするという未来を奪ってしまうようで申し訳ない。

「だから違うだろ。俺にとっても都合がいいと話したはずだ。今はとにかく仕事に集中したい。それができれば十分満足だから、気が引けるなんて言うな」

匠はひと息にそう言うと、美緒の顎に指を差し入れくいっと上げた。

強引に視線が合わされ、美緒は目を見開いた。

「悪い。また俺の気持ちを押しつけてるな」

口元を緩め、匠は肩を竦める。

「俺に迷いはないが、美緒がすぐに決められないのもわかってる」

匠は美緒の柔らかな髪を梳《す》き、優しく言い聞かせる。

「だから今夜ひと晩考えて返事を聞かせてほしい。といっても、俺は美緒が頷くまで諦めるつもりはないけどな」

きっぱりとした匠の声が直接耳元に届き、美緒は慣れない刺激に身を竦ませ鼻にかかった声を漏らした。

「……んっ」

気がつけば匠に抱き寄せられ、互いの唇が重なっている。

瞬きすら忘れ、美緒は動きを止めた。

「あ……」

軽いリップ音を残して遠ざかる匠の唇は、しっとりとしていて熱かった。

あっという間に離れた匠の唇を、美緒は呆然と見つめた。

ほんの数秒のふれ合いだったが、それでも美緒にとっては初めてのキス。心臓はトクトクと激しく音を立てていて、全身が熱くてたまらない。

「今夜は俺のことだけ考えて」

「な、なにを言って……」

美緒は口ごもり、赤くなっているに違いない顔を隠すように俯いた。

今夜どころか今もうすでに、頭の中は匠のことでいっぱいだ。これがひと晩続いたら心臓がもちそうにない。

「明日、迎えに来る」

強い思いが滲んだ匠の声を頭上で聞きながら、美緒はぎこちなく頷いた。

甘い世界の始まり

翌朝、美緒はアラームの音を聞く前にベッドから抜け出した。

匠のことしか考えられない夜は長い上に、ほとんど眠れなかった。

頭に浮かぶのは「俺は美緒と結婚したい」と口にする匠の顔ばかり。

本当なら注文を受けた洋服を仕上げるべきなのに、まったく集中できず途中で諦めてしまった。

「結婚か……」

もちろん長く想い続けている匠からのプロポーズだ、すぐにでも頷きたい。

悠真のことを考えてもそうするべきだとわかっているが、ひと晩考えても答えを出せなかった。

美緒との結婚で匠が幸せになれるとは思えない。それに一方的に匠への想いを募らせる結婚生活に耐えられるのか、自信がないからだ。

結局まんじりとしないまま朝を迎え、濃いめに淹れたコーヒーを飲んでいると。

【おはよう。九時頃迎えに行くから、その後うちにおいで】

匠からメッセージが届き、大慌てで準備した。

匠の自宅は美緒の自宅から車で三十分ほどの閑静な住宅地にあった。

地下駐車場に車を止め、匠に案内され外に出ると、すぐに三階建ての低層マンションが目に入る。

高級感溢れるモダンな外観デザインで、ここが国内有数の高級住宅地だと思い出す。広い敷地内には多くの木々が植樹され、ゆったりとした空気が流れている。

「ここの三階だ」

「素敵なマンションですね」

「夏に完成したばかりだから、どこもまだ綺麗なんだ。向こうには芝生の広場があって川も流れてるみたいだけど、俺は毎晩遅くに帰って寝るだけだから、敷地内を回ったことがなくてよく知らないんだ」

匠は苦笑交じりにそう言って、カードキーでマンション玄関のガラス扉を開いた。

中に入るとそこは広いロビーで、床は綺麗に磨き上げられ、歩くのが申し訳ないと思うほど輝いている。

「お帰りなさいませ、日高様」

ふと聞こえた声に顔を向けるとロビーの奥にはフロントらしきカウンターがあり、制服を着たふたりの男女が控えていた。

彼らはいわゆるコンシェルジュと呼ばれる人たちだろうか。

「いつもお疲れ様です」

匠はふたりに親しげに答え、軽く会釈する。

玄関の脇には警備員も立っていた。

車を降りた時から感じていたが、やはりここは上流階級の人が住む特別なマンションのようだ。

美緒は慣れない仕草でコンシェルジュに軽く頭を下げ、匠の後に続いてエレベーターに乗り込んだ。

「温かいお茶でもいれるから、ソファで休んでいていいぞ」

「ありがとうございます」

対面型のキッチンから聞こえた匠の声に、美緒は上の空で答えた。

二十畳以上はありそうな広いリビングに驚いて、お茶どころではない。

初めて訪れた匠の家は三階の南角部屋で、全体が淡い色で統一された室内には清潔感があり、白やベージュの家具は、どれもセンスがいい。

壁には作り付けの立派な書棚が天井まで伸びていて、ビジネス関係の書籍がずらりと並んでいる。

「あ、あれって」

美緒は書棚の一角に置かれているガラスケースに気付き、近寄って見る。

十センチ四方の小ぶりなケースの中には、見覚えがある腕時計が収まっていた。

この時計は景和学園の高等部卒業時に成績優秀者だけに贈られる記念品だ。

匠は周囲の誰もが納得の優秀者で、彼の卒業から四年後、美緒にも同じ腕時計が贈呈されている。

当時、一時期成績が落ちた自分が選ばれるとは思わず、美緒はかなり驚いた。

両親が経営していた会社を廃業したことで退学した方がいいのだろうかと悩み、勉強に集中できなくなったのだ。

トップ入学の美緒は特待生として学費は免除されていたが、生活費は必要だ。

けれどそのことを知った匠から、退学しないよう説得された。

『退学して美緒がご両親と一緒に暮らすと、逆に生活を軌道に乗せるのが遅くなるかもしれない。それに俺は美緒と離れたくない。だからこのままここにいろ。なにかあれば俺が力になるし、守ってやる』

匠に後押しされ、美緒は悠真とふたりで暮らしながら景和学園に通うことを決めた。

その後匠は折に触れて美緒を気にかけ、試験前には時間を取り勉強を教えてくれた。

美緒は腕時計を見つめながら、改めて匠に感謝する。

あの時匠が退学を引き留めてくれなければ学園に残ることはなかった。大学を卒業し経済的に自立できているのも匠のおかげだ。

美緒にとって匠は想いを寄せる大切な存在であるだけでなく、希望ある未来へ導いてくれた恩人でもある。

その匠から、思いがけず結婚しようと言われた。

美緒はそれにどう答えるのが匠の幸せに繋がるのだろうかと、今もまだ悩んでいる。

「その時計、懐かしいな。美緒も持ってるよな」

「あ、はい」

不意に背後から匠の声が聞こえ、美緒は振り返る。

「えっ」

ぼんやりしていた意識の中に匠の端整な顔が迫り、美緒は慌てて後ずさった。

「おい、大丈夫か？」

振り返った勢いでふらついた美緒の身体を、匠は抱き留めた。

「顔色もあまりよくないな。昨夜は眠れなかった？」

「どうして、わかるんですか」

慌てる美緒を、匠はクスリと笑う。

「十年以上近くにいるんだ、美緒の体調くらい声を聞いただけでわかる」

「それは、すごいです」

当たり前だとばかりに話す匠の言葉が照れくさい。

初めて匠の家に来て、おまけにふたりきり。これまでになくドキドキしている。

こんな時、どうするのが正解なのだろう。

男性に苦手意識があったとはいえ、嫌でも恋愛に関する経験値の乏しさを実感して落ち込んでしまう。

「こういうこと、前にもあったな」

「前？」

美緒にはまったくピンとこない。

「あの、なんの話ですか？」

匠は大袈裟な仕草でがっくりと肩を落とす。

「俺たちが親しくなったきっかけを、美緒は覚えてないんだな。俺のために徹夜続きだって聞いて、感動して運命を感じたのは俺だけってことか。なんだよ、寂しいだろ」

笑いをこらえた声に、美緒は首を傾げる。

「運命なんて大袈裟すぎます。それにその話し方、なんだか芝居がかっていて舞台俳優さんみたいですよ。……あっ、舞台……それに徹夜って」

思い出した。匠が言っているのは初めての学園祭の時のことだ。

「王子様」

目の前にいる匠の姿が、一瞬で濃紺の華やかな衣装をまとう王子様の姿と重なった。

丁寧に刺繍を施した上着とベスト。そして袖にフリルをつけたインナー。首回りにはひだを作った白いスカーフ。

脳裏に浮かんだのは、学園祭の目玉である生徒会の演劇で王子様を演じる匠のために仕立てた衣装だ。

十六世紀頃のヨーロッパの宮廷衣装を参考にして、数日徹夜して間に合わせた自信作だった。

「思い出したか？」

「はい。はっきりと」

匠は満足そうに笑う。

その面差しは高校生の頃と変わらず端整で、王子様のようだ。というより今では大人の色香と余裕が加わって、王様と言った方がしっくりくる。

「あの時って、俺に衣装を着せて微調整をしてくれたんだよな。終わって立ち上がった途端ふらつくから驚いた」

「そうでした。あの時も今みたいに匠先輩が支えてくれて」

学園祭の数日前、できあがった衣装を試着してもらい袖の長さを調整していたが、立ち上がった途端足もとがよろけ、匠に支えてもらったのだ。

校内で誰もが知る有名人の匠と直接顔を合わせるだけでも緊張していて、衣装の調整をするというれっきとした理由があるとはいえ、匠の身体に触れ言葉を交わしているうちにドキドキは限界を迎え、緊張の糸がぷつりと切れてしまった。

「俺の衣装のために徹夜続きだって聞いて、急いで美緒を送って帰ったな」

「それも覚えてます」

「美緒には悪いけど、あれがきっかけで親しくなれたし、俺にはいい思い出だ」

「……私も、です」

「この間、あの時俺とふたりきりでも平気だったって、言ってたな」

不意に匠の声音が変わり、美緒は顔を上げた。

その途端柔らかな表情を浮かべる匠と目が合い、息をのむ。温かいながらも強い意思を感じる瞳で見つめられ、目を逸らせない。

「そろそろ昨夜眠れないほど考えた答えが知りたい」

穏やかな物腰から一変、匠はわずかに語気を強め、問いかけた。

「私は……」

美緒はガラスケースの中の腕時計に視線を向けた。

同じ時計を手にできたのも、今夢を追いかけることができているのも、退学を引き留めてくれた匠のおかげだ。

その時の恩を返そう。

美緒は改めて匠に身体を向け、まっすぐ匠を見つめた。

「匠先輩の力になれるのなら、匠先輩と結婚します」

たとえ匠に愛されることなく一生片想いのままだとしても、匠の力になりたい。

美緒は覚悟を決め、匠に笑顔を向けた。

「ありがとう」

匠の目に強い光が宿る。

これでようやく見合い話から解放されると安心したのだろう、その表情は温かくすっきりしている。

「美緒」

匠は腰を折り美緒と目線を合わせると、ゆっくりと口を開いた。

「俺も美緒の力になりたいと思ってる。それに理由がどうだとしても、結婚するからには全力で大切にするし幸せにしたいと思ってる。もちろん、夫として」

「あ……ありがとうございます」

美緒を見つめる瞳はとても温かい。美緒との結婚を心から待ち望んでいて、愛されていると錯覚しそうになる。

けれど匠との結婚は互いにメリットがある契約結婚で、今の愛ある言葉も温かな表情も、契約妻への感謝からに違いない。そこに恋愛感情は交じっていない。

決して誤解してはいけないのだ。

美緒は自分に強くそう言い聞かせた。

「美緒、どうした？」

「なんでもないんです」

美緒は慌てて表情を整え、胸の前で小さく手を横に振る。

「ただ私も、つ、妻として匠先輩を大切にしたいと思ってます」

匠の瞳を見つめ返し、美緒は答えた。

この決断が正解かどうかはわからない。でもこれ以上自分の気持ちをごまかせない。

結局、匠と結婚したいのだ。

そして愛する人との幸せな結婚という、匠が手放した未来を補えるだけの強い絆を結んで、支えていきたい。

「今の言葉、忘れるなよ。撤回は認めないからな」

匠は即座にそう言って、ホッとした笑みを浮かべる。

「忘れません」

美緒がそう言い終わるや否や、匠の両手が伸び美緒の頬を包み込んだ。

「だったらなるべく早いタイミングで結婚しよう」

「え、あの」

「婚姻届の提出だけでも先に済ませてここに越してくればいい。空いている部屋があるからそこを美緒の仕事部屋にするといいし、引っ越しの手配も俺がする」

「仕事部屋……引っ越し」

立て続けの提案に、美緒は目を丸くする。

匠はすぐにでも結婚したいようだが、そこまでの心の準備ができていない。

「まだそこまで考えられなくて、少し落ち着いてから——」

「美緒」

匠はふっと表情を緩め、美緒を一瞬で虜にする魅力的な笑みを浮かべた。

「そろそろその呼び方はやめにしないか？」

「呼び方？」

匠は肩を竦め、苦笑する。

「あ……」

「結婚してからも先輩って呼ばれるのには、抵抗がある」

「名前で呼ぶのがしっくりくると思うけど？」

「名前ですか。それって」

匠の言いたいことがわかり、美緒の耳があっという間に赤くなる。

出会ってから十年以上匠先輩と呼んでいたのだ、いきなり変えるのは難しい。

「匠。そう呼ぶのが自然だろ？」

美緒の動揺を知ってか知らずか、匠は期待に満ちた目を向けている。

「それはちょっと……時間を下さい」

いきなりの呼び捨ては、ハードルが高すぎる。

匠は目を細め、納得できないと伝えている。

「あの、せめて、さん付けで呼ばせていただけると、頑張れそうな気がします」

呼び捨てに比べれば、まだ現実的だ。

「わかった。とりあえず今はそれでＯＫ」

匠は喉の奥でくっくと笑い、美緒の頭をくしゃりとなでた。

「だったら早速呼んでみる？」

匠のいたずらいたずらめいた眼差しに、美緒はぐっと息を詰めた。

「ほら、呼んでみて」

「た、匠……さん」

美緒が恥ずかしさをこらえて呼びかけた途端、匠は一瞬で表情をほころばせた。

「ん。思っていたよりぐっとくる」

それは美緒も同じだ。

呼び方を変えただけで、今までより匠に近づけた気がしてぐっときている。

「次は名字だな。俺は日高でも白川でもどっちでもいいけど、どうする？　婚姻届に選ぶ欄があるらしい」

「え、え? それは、あの」

パンかライスかのような軽い口ぶりに、美緒は目を瞬かせる。

「それは、日高でいいと思います。匠先輩のお仕事に影響があると思うので」

名字の選択に柔軟なのはうれしいが、匠の立場を考えれば日高の方がなにもかもがスムーズだろう。

「匠。先輩はいらない」

眉を寄せ、匠は顔をしかめた。

「……匠さん」

「ん。早く慣れないとな。じゃあ日高でいいか。仕事なら創業家の人間だけが後を継ぐ時代でもないし気にしなくていいが……日高美緒か。確かにいいな」

「日高……美緒」

美緒はかみしめるように、そう口にする。

もちろんまだ慣れなくてしっくりこないが、匠と結婚するのだとほんの少し実感できた。

その時ソファの片隅に置いていたバッグから、スマホの着信音が聞こえてきた。

「あ、この音、兄からの電話です」

「お兄さん?」

「今週は出張のはずなんですけど。すみません」

美緒はバッグから慌ててスマホを取り出した。

「もしもし、お兄ちゃん?　おはよう」

《美緒?　なにかあったのか?》

「え、なにかって、どうして?」

電話に出たと同時に心配する声が聞こえ、美緒は首を傾げた。

《どうしてじゃないだろう?　昨日からメッセージを送っても返事が来ないし電話も出ないから心配してたんだ》

「あ、ごめんなさい。昨日は忙しくて気付かなかっただけなの。大丈夫だから心配しないで」

本当のところ、昨日は匠との結婚についてゆっくり考えたくてスマホの音を消していたのだ。今朝着信があったことに気付いたが、匠から迎えに来ると連絡があってそれどころではなかった。

《忙しいって服の注文が多いのか?　だったら今から手伝いに行こうか?》

「それはいいの、順調にやってるから大丈夫。それよりどうしたの?　なにか急用でもあった？」
美緒は傍らの匠を気にかけつつ平静を装い、話題を変えた。
《ああ、俺も千咲も休みだから美緒を誘って美味しい物でも食べに行こうって話していて。で、昨日から連絡してたんだよ。ランチでも一緒にどうだ？》
美緒は匠をチラリと見る。ふと目が合いぎこちない笑みを返した。
「それは、あの、うれしいけど。今ちょっと……出かけてるから遠慮しようかな」
《出かけてる？　年末は洋服作りに専念するって言ってなかったか？》
「そ、そうだったかな。えっと、気分転換というか……」
《美緒？　どうしたんだよ。変だぞ？》
悠真は美緒のことには電話越しでも敏感だ。今も歯切れの悪い美緒からなにかを察したようだ。
《美緒、今どこにいるんだ？　なにか物騒なことに巻き込まれたりしてないか？》
「落ち着いて。心配しなくて大丈夫。私は今……えっと」
どこにいると言えばいいのだろう。まさか匠の家にいると言うわけにはいかないが、このままだと悠真がさらに心配するのは目に見えている。
《美緒？》

「あのね、お兄ちゃん。私は――」

「失礼します。美緒さんのお兄さんでしょうか。突然申し訳ありません。日高匠と申します」

「えっ？」

匠は美緒の手からスマホを取り上げ、落ち着いた声で話し始めた。

「匠先輩、あの、なにを……ん」

慌てる美緒の口を手の平でふさぎ、匠はにっこり微笑んだ。

《日高ってどちら様で……え、まさか男？　どういうことなんだ？》

スマホから混乱している悠真の声が聞こえてくる。

美緒は匠の手をそっと口元から離し、スマホに向かって口を開いた。

「お兄ちゃん、あの、心配かけてごめんなさい。でも大丈夫。匠さんは――」

《匠さん？って誰なんだ？　会社の知り合いか？　俺は聞いてないぞ》

悠真は弱々しい声で美緒の言葉を遮った。

「美緒。いいから俺に任せろ」

匠は美緒を安心させるように頷くと、再び悠真に語りかけた。

「お兄さんが心配されるお気持ちはよくわかります。私からもお話しさせていただきたいことがありますので、よければ今からいらっしゃいませんか？」

「え、あの……匠さん？　なにを言ってるんですか？」

　美緒は呆然と匠を見つめた。


　突然の電話から一時間。悠真は千咲を連れて匠の家にやって来た。

　事情が飲み込めずにいる千咲は、美緒と匠に困り顔で挨拶しつつも悠真が暴走しないよう見守ってくれている。

　宿直明けだという中申し訳ないが、彼女がいてくれるだけで心強い。

　悠真はリビングのL字型のソファに腰を下ろし、匠から手渡された名刺を見つめている。

「日高製紙エネルギー事業統括部部長、日高匠」

「入社して八年いくつかの部門を担当しましたが、現在は再生可能エネルギーの強化を推進するプロジェクトを率いています」

「再生可能エネルギー」

　悠真は匠と名刺を交互に眺め、わずかに眉を寄せた。

「聞こえがいい、今流行りの仕事だな。おまけに会社は業界トップの超一流企業。それほど立派な肩書きがあれば、世間知らずの美緒をからかうのは簡単だ」

「お兄ちゃんっ、失礼なこと言わないで」

ソファの端に匠と並び座っていた美緒は、慌てて否定し身を乗り出した。

「匠さんとは中等部からの知り合いだから、肩書きは関係ない」

「中等部って、そんな昔からからかわれてたのか……」

悠真は名刺を持つ手をわなわなと震わせた。

「お兄ちゃん落ち着いて。匠さんは頼りになる先輩なの。一方的に悪く言わないで」

「だけど美緒、俺にはなにも言わなかったじゃないか」

悠真の拗ねた口ぶりに、隣で静かに見守っていた千咲がため息を漏らした。

「当たり前でしょ。年頃の女の子が家族だからってなんでも話すわけないわよ。とくに悠真とは十歳近く年が離れているんだから、言いたくないことの方が多いに決まってるし距離ができるのは当然。美緒ちゃんや日高さんを責めるなんて論外よ」

「ち、千咲……お前までこの男の味方なのか」

悠真は千咲のきっぱりとした言葉にしゅんとする。

「味方とか敵とか、発想が陳腐《ちんぷ》なのよ。美緒ちゃんが心配なのはわかるけど、ここは演技でもいいからものわかりのいいお兄ちゃんになりなさい。じゃなきゃ嫌われるわよ。ね、美緒ちゃん」

「えっと、そんなことはないけど……」

悠真の気持ちはわかるが、顔を合わせた早々に非難された匠に申し訳ない。

「兄が失礼なことばかり言って、すみません」

美緒は匠に身体を向け、頭を下げた。

「兄は匠さんのことをなにも知らなくて、だから……」

悠真に今まで匠のことを話さなかったのは、単なる先輩と後輩でしかない匠の存在を伝える必要がなかったからだ。

それに匠は密かに片想いをしている相手だ。悠真に限らず千咲にも話していない。

「匠さんのこと、兄には後でちゃんと話しておきます」

「いや、いい機会だから今ちゃんと話しておこう」

「匠さん？」

「もともと挨拶に伺うつもりだったから、ちょうどいい」

匠は美緒の戸惑いを打ち消すように、優しい声で囁いた。

「挨拶？」

きょとんとする美緒の肩を軽く叩き表情を整えると、匠は悠真と千咲に向き直る。

「本来ならこちらからご挨拶に伺うべきですが、こうしてお会いできたので僕と美緒さんの結婚についてお話させて下さい」

まるで美緒との結婚を心から待ちわびているような言葉と凛とした表情に、美緒の心臓が激しい鼓動を打ち始めた。

「美緒さんとは彼女が中等部の時からの知り合いです。当時から先輩として彼女と親しくしていましたが、お互いに仕事を持ち結婚を意識する年齢になった時、僕にはその相手は美緒さんしかいないと考えるようになりました」

「美緒と結婚するって言ってるのか？」

上ずった声をあげる悠真に、匠はゆったりと頷いた。

「単なる先輩と後輩という関係を長く続けてきましたが、僕は美緒さんのことがずっと好きだったのだと、最近ようやく気付いたんです」

「匠さん……」

堂々とした匠の横顔から目が離せない。

「美緒さんへの気持ちを自覚したと同時にすぐにでも結婚したいと思い、昨日結婚を申し込みました。承諾の返事をいただくまでの時間はこれまでの人生で一番緊張しましたが、承諾の返事をいただいた今は人生で一番幸せです」

匠は悠真に思いを伝えると、表情を緩め柔らかな笑顔を美緒に向けた。その愛おしげな眼差しに、美緒は頬を赤らめた。

匠と同様、美緒も人生で今が一番幸せだと感じている。

けれどわかっている。

匠が今口にした言葉は、美緒との結婚を悠真に認めてもらうための作り話だ。

それがわかっていても、言葉や仕草があまりにも真に迫っていて、実は匠の本心かもしれないと誤解してしまいそうになる。

「え？　それって、美緒ちゃん婚約したってこと？」

束の間静まり返った部屋に、千咲の甲高い声が響いた。

「ちっとも気付かなかったわよ。それもこんなハイスペックな男性とお付き合いを越えて一気に結婚なんて、本当に驚いた。でも、おめでとう」

千咲は顔をくしゃくしゃにして笑い、手を叩いて喜んでいる。よく見ると、目に涙も浮かんでいる。

「私、ひとりっ子だから美緒ちゃんのことは本当の妹みたいで……すごくうれしい」

「ありがとう」

千咲のあまりの喜びように、美緒は気まずげに答えた。

美緒にとっても千咲は姉のような存在で、悠真以上に頼りにしている部分も多い。

その千咲に祝福されて、本来なら美緒自身もホッとするはずだがそれは難しそうだ。

匠との結婚は、それぞれにメリットを抱えた契約結婚。そして美緒ひとりが想いを寄せる片想い結婚だから。

「中学の時からの知り合いなんて、ドラマティックだねー。美男美女だしそれこそドラマの主人公のふたりって感じ」

「そ、そんなことない」

純粋に喜ぶ千咲の姿に罪悪感でチクリと胸が痛み、美緒はそっと目を伏せた。

付き合いが長い自分は美緒の結婚相手として適任だと匠は言っていたが、まさにその通り。千咲の様子を見ればその効果は明らかだ。

「美緒……本当に彼と結婚するのか？」

気を取り直した悠真が、再び口を開いた。

相変わらず匠に厳しい視線を向けているが、声は幾分和らいでいる。

匠の言葉を聞いて、多少は冷静になったようだ。

「うん。匠せんぱ……匠さんと結婚したいと思ってる」

美緒は悠真の目をまっすぐ見つめ、深く頷いた。

「そうか……」

悠真は一度息を吐き出すと、がらりと表情を変えた。

「本当に彼でいいのか？　あのことがあって今まで男と付き合ったことはなかっただろう？　簡単に結婚を決めて大丈夫なのか？」

美緒の反応をうかがうように悠真は問いかける。

「大丈夫」

嘘をつくようで胸が痛いが、匠が十分すぎるほどの言葉で協力してくれている。それを無駄にするわけにはいかない。

「匠さんとは知り合って長いから人柄はよく知ってるの。優しくて頼りになる先輩で、ずっと……そ、尊敬してたし、大丈夫」

つい尊敬ではなく〝好き〟と口にしてしまいそうになり、一瞬口ごもる。

この結婚に匠はそんな感情を求めていない。

優しい匠のことだ。美緒の想いを知ればそれに応えられない自分を責めるに違いない。だから好きだという気持ちはこの先も隠し続けるつもりだ。

美緒は両手をそっと握りしめ、罪悪感や不安ばかりの気持ちを落ち着ける。

「だとしても、突然すぎるだろ」

悠真は肩を落とす。

「日高さんが悪い人じゃないらしいってのはわかったけど、いきなり結婚なんて言い出されて、正直混乱してる」

「お兄ちゃん……」

それはそうかもしれない。恋愛経験ゼロで恋人の影などまったく見えなかった妹がいきなり結婚すると言い出したのだ。すぐに受け入れられないのは当然だ。

「ねえ、美緒ちゃん、もしかして」

悠真の横で、千咲が不安げに口を開いた。

「突然結婚を決めたのって、もしかしたらこの間うちに来て私と色々話したから？　だから結婚することにしたの？」

「えっ」

「やっぱり、あの日のことがきっかけで？」

「あの、それは……違うの」

察しがいい千咲のことだ、見合いの話を知った美緒がそれを気にして結婚を決めたと気付いたのだろう。

美緒は慌てて首を横に振る。

「匠さんと結婚したいと思ったのはあの日のことは関係ないんです。えっと、突然決めた理由は……」

千咲を傷つけずに済むにはどう答えればいいのか思いつかず、言葉が続かない。

「千咲？　あの日ってなんの話だ？」

悠真が首を傾げ、千咲に問いかける。

「それは……あの日美緒ちゃんに私のお見合——」

「そうかもしれませんね」

匠が思い出したように口を開いた。

「美緒さんが僕との結婚を決めたのは、あの日のことがきっかけかもしれません」

「匠さん？」

いきなりなにを言い出すのだろう。

「おふたりとも忙しくて、なかなかふたりの時間を取れないそうですね。この間頼まれていたドレスを届けた時、千咲さんが寂しそうにしていたと美緒さんが気にしていました」

「それは……」

千咲は悠真にチラリと視線を向けた。

「違うの。寂しいなんて、違うから。ううん、違わないんだけど」

千咲はみるみる顔を赤らめ、しどろもどろに答えている。

「寂しい時もあるけど悠真が忙しいのには慣れてるから平気。私の仕事も不規則だからお互い様だし。第一、いい大人が寂しいなんておかしいわよね。だから気にしないで。あ、美緒ちゃんも気を使ったわよね。ごめんね」

千咲は途中口ごもりながらそう言って、ぎこちない笑みを浮かべた。

「千咲……」

悠真がぽつりと呟いた。

「大丈夫だから。今日みたいに当直明けに悠真が病院まで迎えに来てくれるだけで十分うれしいから、気にしないで」

動揺が続いているのか、千咲の声はやけに明るい。

「そういえば、仲がよくて幸せそうなお兄さんたちが羨ましくて憧れているとも、美緒さんは言っていましたよ」

匠は千咲が幾分落ち着くのを待って、言葉を続けた。

「だから千咲さんとふたりきりで話したあの日、おふたりの仲のよさが羨ましくて僕と結婚してそんな関係を築きたいと思ってくれたんだと思います」

本音を見抜かれていたことに、美緒は目を丸くする。

「俺の勘違いじゃないよな?」

匠は美緒の顔を覗き込み小さく笑う。

千咲を安心させようと考えているのだろう。

美緒は匠の意図を察し、慌てて口を開いた。

「そうなの。あの日千咲さんが寂しそうにしてるのを見たら、お兄ちゃんのことが本当に好きなんだなって思ってふたりが羨ましくなったの。その時匠さんの顔が頭に浮かんでお兄ちゃんたちみたいに一緒にいられたらいいなって。それからすぐに匠さんが結婚したいって言ってくれて、すごくうれしかった」

千咲を納得させたい一心で言葉を連ねたが、口にしたのは嘘偽りのない想いばかり。

この先ずっと匠と一緒にいたいのも、結婚を望まれてうれしかったのも、嘘じゃない。すべて本当の気持ちだ。

けれど、ここでも〝好き〟という言葉は言えなかった。

どれだけ匠を愛していても現実は切ないと、美緒は改めて実感する。

すると匠の両手が伸び、美緒の手をすっぽりと包み込んだ。

「俺も、美緒と同じ気持ち」

匠の温かさが手を通して全身に伝わってくる。まるで本気でそう思っているような愛おしげな眼差しと優しい声。

美緒はくっと息をのみ、その言葉を心の中で繰り返した。

悠真たちの手前そう言ってくれただけで、本気ではないとわかっている。なのに一緒にいたいと言われれば、胸が高鳴り見せかけでもいいと思ってしまう。

「どうした？　顔が赤いぞ」

悠真は美緒を見つめたまま、満ち足りた笑みを浮かべた。

「かわいいな」

「じょ、冗談は言わないで下さい」

吐息が触れるほどの近さで視線が絡み合い、まるでこの場にふたりきりのような気持ちになる。

「俺は、美緒の前では嘘も冗談も言わないよ」

色気のある声が耳元に触れ、美緒の身体が小さく揺れた。今まで何度も耳にしたはずの低く艶やかな声が、今は特別なものに思えてしまう。

「首まで赤い」

匠は楽しげにそう言ってくっくと笑う。

「み、見ないで下さい」

からかわれるのはしょっちゅうだが、結婚すると決めたからだろうか、匠の言葉ひとつ、そして仕草ひとつが今までとは違うような気がしてならない。

まるで新しい恋に落ちたようだ。

「おいっ。俺たちのことを羨ましいとか言っていて、なんなんだ？　ここに俺たちがいるのを忘れてないか？」

「あっ。お兄ちゃん」

美緒は慌てて顔を上げる。

匠に夢中で、悠真たちのことは頭から消えていた。

「ごめんなさい。でもお兄ちゃんたちみたいになりたいって本当に思ってるし」

匠とのやり取りを、悠真たちに見られていたと思うと恥ずかしくてたまらない。

「今のは忘れて」

「わかったよ。ついでに美緒が日高さんと結婚したいってこともよーくわかったから、俺と千咲を目指して仲よくすればいい。まあ、俺たちを超えるベストカップルになるにはまだまだだけどな。年季が違うんだ」

悠真は不機嫌な声でそう言って、プイッと顔を逸らした。

「お兄ちゃん？　じゃあ、匠さんのこと」

「仕方ないだろ。目の前であれだけいちゃつかれて、反対するのが馬鹿らしくなったんだよ」

「そ、そんなつもりはないから。でも、匠さんを認めてくれたってことよね。ありがとう」

美緒は匠と顔を見合わせ、声を弾ませた。

「美緒ちゃん、本当に結婚しちゃうのね？　うれしいけどなんだか大切な妹を嫁に出すみたいで寂しい。でも」

千咲は悠真の腕を取り、立ち上がる。

「日高さん、くれぐれも美緒ちゃんをよろしくお願いします。彼女を幸せにしてあげて下さい。ほら、悠真からもちゃんと挨拶して」

悠真の背を叩き、千咲は悠真を美緒たちの前に押し出した。

「……わかったよ」

悠真は気乗りしない様子で答えたものの、姿勢を正し匠に向き合った。

「日高さん。美緒はたったひとりの大切な妹です。これからは俺に代わって美緒を守ってやって下さい。そして必ずふたりで幸せになって下さい。お願いします」

悠真は固い声でそう言うと、匠に向かって深々と頭を下げた。千咲もそれに続く。

「私は大丈夫だから安心して」

悠真の神妙な姿に、美緒は胸が熱くなるのを感じた。大切にされすぎて重荷に感じることも多かったが、今は悠真が与えてくれた愛情には感謝しかない。

「もちろんです」

匠はすっと立ち上がり、悠真同様深く腰を折った。

「美緒さんのことは、全力で幸せにします。安心して下さい」

美緒も匠と並んで頭を下げる。

そして、結婚を認めてもらうためにここまで熱心に愛し合っている振りをしてくれる匠にも、心の中で感謝した。

とはいえすべてが演技だと思うとやはり切なくて、悠真たちに嘘をついていることに後ろめたさもある。

けれど。

「悠真にいきなりここに連れて来られた時は何事かと思ったけど、朝から幸せな気分になれてよかった。ね、そうでしょ？」

「ああ、そうだな」

安堵し笑い合う悠真と千咲の姿に美緒はホッとし、これでよかったのだと納得する。

「お兄さんたち本当に仲がいいな。美緒が憧れてるのも納得。……あのふたりみたいに俺たちも幸せになろうな」

匠は込み上げる想いを吐き出すように、呟いた。

これも演技なのだと思いながらも、美緒は答えずにはいられなかった。

「とっくに幸せです」

その気持ちは嘘じゃない。


それからの匠の動きは早かった。

年が明けるのを待ち双方の両親を交えた食事の席を用意すると、無事に結婚の承諾をもらうや否や新生活に向けての準備を始めたのだ。

美緒は大企業の創業家一族である匠の家族からの反対を覚悟していたが、匠の両親は息子が選んだ相手ならと、あっさりと了承してくれた。

事前に聞かされていたが、景和学園の保護者会会長を務めていた匠の父は、行事の際に委員として熱心に働く美緒に目を留め気にかけていたそうだ。

《卒業式の時に成績優秀者で表彰される美緒さんを、来賓席から見ていたんだよ》

優しい笑顔は匠にそっくりで、それまで緊張で強張っていた身体からすっと力が抜けていった。

匠の母親も穏やかな雰囲気の美しい女性だった。夫婦仲もよさそうで、会話の端々に社長夫人として夫を支える強さが感じられた。

逆に美緒の両親の方が匠の立場に腰が引け、反対はしないものの最後まで美緒のことを心配していた。

「それは当然かもな。謙遜せずに言えば、うちは国の政策にも通じている大企業だから、大事な娘がそこの後継者と結婚するなんて言い出したら心配でたまらないはずだ」

匠はそう言って、キッチンカウンターの向こう側から顔を見せた。

「たまにはふたりで長野に顔を出そう。美緒の顔を見ればご両親も安心するだろうし、俺も仕事から離れて美緒とふたりでリフレッシュしたいし」

「いいんですか？　両親の料理はすごく美味しくて元気になるんです。リフレッシュにはもってこいなので、是非。でも匠さんが作ってくれたこの朝ご飯もすごく美味しそうです。昨日も遅かったのに、ありがとうございます」

テーブルには匠が用意した美味しそうな朝食が並び、淹れ立てのコーヒーが香り豊かな湯気をあげている。

たっぷりのバターが溶けた焼きたてのトーストは美緒好みの厚切りで、ゆで卵は十分に火が通った固め、そしてベーコンのカリカリ具合も完璧。

大皿にはレタスやアボカドが盛られ、美緒の好物のトマトもたっぷりだ。

「付き合いが長いから、美緒の好みならバッチリ把握してる」

誇らしげな声に顔を上げると、匠がスープ皿を手に立っている。

「あ、ありがとうございます」

ベランダに面した大きなガラス窓から差し込む日射しを浴びて、短めの黒髪は艶やかに輝き、甘やかな瞳とすっと通った鼻筋はいつも以上に印象的。

ざっくりとしたグレーのセーターと細身のデニムもよく似合い、思わず見とれてしまうほどだ。

「このスープは前から気に入っていて、よく取り寄せてるんだ。チルドだけど、結構いける」

匠は手にしていたスープをテーブルに並べると、美緒に席に着くよう視線で促した。

明け方近くまで洋服作りに集中していたせいで寝過ごしてしまったが、慌ててキッチンに来てみれば、美味しそうな朝食ができあがっていた。

「なにからなにまで、ありがとうございます」

まるでホテルのビュッフェのような料理に、美緒は声を弾ませた。

「大袈裟だな。美緒は毎朝作ってくれてるのに、休みの日にのんびり作るくらいどうってことない」

匠はあっさりそう言って、美緒の向かいに腰を下ろした。

「でもせっかくのお休みなのにごめんなさい。匠さんだって昨日は遅かったんですよね。せめて起こしてもらえたら一緒に準備したのに」

匠の家で暮らし始めてから二週間が経ち、食事は美緒が支度しているが、休日の今朝は匠が準備してくれた。

掃除以外の家事ならそれなりにできると聞いていたが、料理の腕はそれなりどころではなさそうだ。

「すごく美味しそう……」

美緒は恐縮しつつも美味しそうな香りには抗《あらが》えず、早速カトラリーに手を伸ばした。

「そういえばこれ、美緒に勧められて取り寄せたベーコンなんだ。一度食べたらやみつきで月に一度は注文してる」

「ですよね。私もかなり気に入ってます」

匠とこうして向かい合って食事をすることに、ここ数日でようやく慣れてきた。同居を始めた時に抱えていた緊張感も徐々に解け、多少は砕けた口調で話せるようにもなっている。

それはすべて、美緒を大切にしてくれる匠のおかげだ。

とはいえ今もまだ、匠と一緒に暮らしていることが信じられないのも確かだ。

両家の顔合わせの際に婚姻届の記入を終わらせ、翌週には届けの提出と合わせて美緒が匠の家に越してくるという早すぎる展開。

すべて匠が取り仕切って問題なく完了したのだが、美緒は匠に言われるがまま動くだけで要領を得ず、気がつけば自分の荷物が匠の家に運び込まれていた。

おまけに十畳ほどの洋室が美緒の作業部屋として用意されていただけでなく、匠は新しいミシンまで用意してくれていた。

それはアパレルメーカーの生産ラインでも使われるプロ仕様のタイプで、普及タイプにはない機能が盛りだくさん。

美緒にとってもいつかは手に入れたいと思っていた特別なミシンだ。

『結婚記念になにかプレゼントをって色々考えたわりに、情緒のないプレゼントで悪い』

そう言って照れくさそうに笑う匠はひどく穏やかで、ゆったりとした空気に包まれていた。

結婚したことを社内に告知し面倒な声から解放されて、ようやく仕事に集中できる環境が整ったからだろう。

美緒は匠の変化を肌で感じ、この結婚で少しは匠の役に立てたのかもしれないと、安心した。

「仕事柄だろうけど、美緒って食材に詳しいな。野菜もいい農家さんを知ってるし。それにしても、これは絶品」

匠はベーコンを口にし、満足そうに呟く。

それは親族経営の小さな精肉会社が製造販売しているベーコンで、店頭でもなかなか手に入らない人気商品だ。

「これは兄に教えてもらったんです。出張で全国を飛び回るので、地元で人気の食材や料理に詳しくて、よく送ってくれます。これからはここに送ってくれると思うので、頑張って腕をふるいますね」

胸元で小さくガッツポーズをつくる美緒に、匠は優しい眼差しを向ける。

「いつも思うけど悠真さんは本当に美緒がかわいいんだな」

「端《はた》から見ると引いちゃいますよね」

美緒は肩を竦め、くすくす笑う。

「だったら俺も引かれるかもな」

「え……？」

「俺も悠真さんと似たようなものだから、引かれるんだろうな」

美緒は動きを止めた。

「美緒がかわいくて大切にしたい気持ちなら俺も同じ。悠真さんが美緒のために自分の結婚を後回しにしていたのも、少しは理解できるかな。まあ、俺は好きな相手がいたら、どんな状況でも待たないけど」

「……そうですよね」

美緒はそれまで浮かべていた笑みを消し、曖昧に答えた。

だとすれば、もしも匠に好きな人ができたらどうなるのだろうか。この結婚は便宜的なもので単なる契約結。契約解除もあり得るはずだ。

悠真と同じ気持ちだと言われて高鳴った胸が、あっという間にしぼんでいく。

匠と過ごす時間が増えてからというもの、今みたいに大きく感情を揺らされることが多すぎる。

匠の優しい言葉や甘い眼差しに期待しては、結局そこに深い意味はなく単なる勘違いだったとがっかりしてばかり。

契約結婚なのだから期待は禁物。自分は名目だけの妻。

美緒は心の中で繰り返し呟いた。

「そういえば、結婚式のことだけど。ある程度こっちで仕切らせてほしいんだ」

「結婚式？」

美緒はきょとんとする。

「ああ。美緒の気持ちを聞かずにすまない」

「いえ、ただ……契約結婚なのに結婚式を挙げられるとは思わなくて。むしろ大丈夫でしょうか？」

匠は軽く頷いた。

「立場上、結婚式をしないわけにはいかないんだ。場所は父がいくつかあたってる最中で日程もこれからだが、近いうちにそのあたりは決まると思う」

「そうですか」

淡々としたビジネスライクな口調に、大企業の次期社長という匠の立場を思い出す。

契約結婚の自分たちに結婚式を挙げる必要はないだろうと安易に考えていたが、それは許されないのかもしれない。

「わかりました。それは匠さんにお任せします」

「ありがとう、助かるよ。だけど美緒にも夢とか希望はあるよな。できる限り叶えてやりたいから言ってほしい。ウェディングドレスは美緒が気に入ったものを選べばいいし、今ならオーダーでも間に合いそうだな」

「あの、匠さん？」

フォークを手にしたままあれこれ考え始めた匠に、美緒は困り顔で声をかけた。

結婚式が避けられないのは理解したが、それでも華美な結婚式にはためらいがある。

「そう言ってもらえるのはうれしいんですけど、私、具体的に結婚式のことを考えたことがないのでなにも思いつかないんです。恋愛経験もなくてピンとこないというか」

匠への恋心をこじらせて、結婚どころか恋愛すら縁遠く夢見ることもなかった。

もちろん結婚式へのこだわりはなにもない。

「披露宴の主役は美緒だ。めいっぱい華やかで美緒が満足できる披露宴にするつもりだ。まあ、国会議員の先生とか経済界の顔とかのスピーチっていう難関を乗り越える必要はあるけどな」

「難関って」

美緒は思わずクスリと笑った。

「美緒がピンとこないなら俺が一緒に考えるから任せてくれ。それに美緒が大勢の人から祝福されている幸せな顔を見れば、ご両親も安心するだろうし悠真さんからクレームが出ることもない。というのは口実で、実は俺がウェディングドレス姿の美緒が見たいんだ。美緒は俺の王子姿を見たから、今度は俺が美緒のドレス姿を見てみたい。それは、まあ置いておくとしても、今からワクワクしてる」

匠のどこか甘い声が照れくさい。

「あの……」

美緒はおずおずと切り出した。

「結婚式ですけど、やっぱり私に希望とか知識とかはないので、匠さんの好きにして下さい。それに……ドレス姿、できる限り頑張ります」

匠にとって結婚式は仕事の足場固めのようなもの。会社の広報活動の意味もあるかもしれない。だったらすべて匠の都合のいいように進めてもらいたい。

それに匠が楽しみにしているのなら、ウェディングドレス姿も披露しよう。

「本当にいいのか？　俺の好きにしていいなら、お色直しは少なくとも五回。三百人以上の招待客に着飾った美緒を見せびらかせると思うと、気合が入る」

「え、五回……三百人……」

披露宴に前向きになった途端の、意気揚々とした匠の言葉。

美緒は再び顔色を変えた。

「京佳さんも張り切るだろうな。美緒を着飾らせてみたいって何度も言ってたし、披露宴というより美緒のためのショーでも企画するかもな」

「ショー……」

冗談だと思いつつも、何度か美緒にモデルの依頼をしてきた京佳ならあり得そうだ。

ここぞとばかりに華やかなドレスを用意して、美緒を披露宴という場で人前に立たせるかもしれない。

「そんな」

考えただけでめまいがする。

「俺も着飾った美緒をゆっくり愛でながら、写真でも撮りたい」

「無理です。だったら披露宴には欠席しま──」

「冗談に決まってるだろ」

すでに半泣きの美緒を抱き寄せ、匠はポンポンと美緒の背中を叩いた。

「じょ、冗談……？」

膝立ちの匠の肩に顔を埋め、美緒は呟いた。

「当然。美緒のドレス姿なら俺が独り占めしたいくらいなのに、なにが楽しくて人前に美緒をさらさなきゃならないんだ」

「あの、匠さん？」

打って変わった匠の言葉にもぞもぞと顔を上げると、笑いをかみしめている匠と目が合った。

「美緒を困らせるつもりはなかったんだ。でもおろおろしている美緒がかわいすぎて、つい調子に乗った。ごめん」

そう言いながらも匠の声は弾んでいるように思うのは、気のせいだろうか。

「よかったです」

ホッと息を吐き、美緒は匠の肩にこてんと額を乗せた。

ただでさえ匠のことで感情が波打っているというのに、これ以上は耐えられない。

「お願いだから、からかわないで」

美緒は匠の胸に手を当て顔を上げた。

「私、そういうのにも慣れてないんです……全部本気にしてしまいます」

「美緒……」

匠の目が大きく開き息をのんだかと思うと、素早く美緒の後頭部に手を置き引き寄せた。

「その顔も、誰にも見せたくないな」

互いの額を合わせ、匠は吐息交じりに呟いた。

「匠さん？」

あまりにも匠の顔が近くて視線のやり場に困る。おまけに肩に置かれた匠の手が熱くてたまらない。

すると匠はふっと吐息を漏らし、ゆっくりと美緒の身体を引き離した。

「悪い。朝食の途中だったな。コーヒーを淹れ直すよ」

匠はすっと立ち上がり、なにもなかったかのようにキッチンに向かった。

あっさりと離れていくその背中を、美緒はドキドキしながら見つめていた。

「お父さんたちが心配するのは仕方ないかも。いきなり日高製紙の御曹司と結婚するなんて言われたら、誰でもびっくりする」

華耶はそう言って、フルーツタルトを頬張った。

一月も後半に入った日曜日、美緒と匠の結婚を知った華耶が、突然訪ねてきた。

美緒も華耶に届けたい物があったので、ちょうどいいタイミングだ。華耶が手土産に持って来たタルトを食べながら、久しぶりに落ち着いた時間を過ごしている。

「匠さんのことは気に入ってるみたいだけど、結婚した今も大丈夫なのかって何度も電話があるの」

美緒もフルーツタルトを口に運ぶ。

「カスタードが絶品だね。華耶ちゃん、美味しいお店を色々知ってるよね」

「スイーツは大好物だから。これは最近いち押しのお店のタルトなの。美緒ちゃんにも食べてほしくて朝から並んじゃった」

華耶は満足そうに笑った。

その顔は完璧に整っていて、非の打ち所がない。母親が匠のいとこである華耶が、美形揃いの日高家の血を引いているのは明らかだ。

黒目がちの大きな目はぱっちりとしていて人目を引き、鼻筋はすっと通っている。メイクなしでも陶器のようなきめの細かさがわかる白い肌とピンク色の薄い唇。

なにより小顔に浮かび上がる強い眼差しが、彼女の美しさを象徴している。

「わざわざありがとう。クリスマスは忙しくてケーキを食べる余裕もなかったの」

イブもクリスマス当日も注文を受けた洋服の製作に追われていて、ケーキどころかまともに夕食を取れないほど忙しかった。

洋服のネット販売を始めて五年以上経つが、この一年で注文数が急激に伸び作業に割く時間を捻出するのにも苦労している。

本業と両立するにはなにかを犠牲にするしかなく、結局睡眠時間を削っている。

いつかは洋服作りに専念したいと考えているが、経済的な面で今は難しい。

結果、自分のブランドを立ち上げ実店舗を持つという夢を実現させるには、まだまだ時間がかかりそうだ。

「そんなに忙しいのに私のために時間を割いてくれて、ありがとう。それも私好みのカチューシャ。新年会に絶対着けて行くね」

華耶はテーブルの端に置いている紫色のカチューシャを手に取り、口元を緩めた。

それは美緒がここ数日で仕上げたベルベット素材のカチューシャで、両端に金糸の刺繍が縁取られている。

「匠さんからお父さんの会社の新年会にこの間のワンピースを着て行ってくれるって聞いて作ったんだけど、気に入らなかったら無理しないでね」

「美緒ちゃんの作品なら気に入るに決まってる。これってワンピースと同じ生地だよね。相変わらず丁寧な刺繍で、ひと目で気に入っちゃった」

「よかった」

美緒はホッと息を吐いた。

華耶の父は『大原通運《おおはらつううん》』という大手の運送会社の社長で、毎年年始に関係先を招待して新年会を開催している。経済界の重鎮や政界の実力者たちが顔を揃える重要な会で、マスコミの取材も入るらしい。

高校生になった華耶は今年初めてそれに顔を出すことになり、美緒がクリスマスプレゼントとして仕立てた紫色のワンピースを着るそうだ。

匠からそのことを聞いてすぐ、美緒は手元に残っていたワンピースと同じ生地を使ってカチューシャを作った。

将来は父親の会社を引き継ぐという目標に向かって努力する華耶にとって大切な日。激励の気持ちを込めて用意したのだが、華耶は大企業の社長令嬢で母親は名の知れたスタイリスト。高価で華やかな装飾品が用意されるはずだ。

日曜日の今日、久しぶりに遊びに来てくれた華耶に手渡したものの、余計な気遣いだったかもしれないと、心配していたのだ。

「匠君に自慢するから、後でこれをつけた写真を撮ってね。絶対に悔しがるよ」

匠は今週に入ってから出張で地方に行っていて、今夜帰って来る予定だ。

「あ、匠君で思い出した。今日はふたりにお祝いを持ってきたの」

そう言って華耶がバッグから取り出したのは、有名ブランドの名が記された包み。

「結婚おめでとう。ひとまずお揃いのマグカップ。お母さんが改めてちゃんとした結婚祝いを贈るって張り切ってたよ」

華耶は包みを美緒の手元に差し出しながら、声を弾ませる。

「早く結婚すればいいのにって気を揉んでたけど、ようやくだね。本当におめでとう」

「……ありがとう。匠さんと一緒の時に開けていいかな？」

「もちろん。そういえば、お正月に親戚皆んなが集まった時の匠君、ずっとご機嫌でね。よっぽど美緒ちゃんとの結婚がうれしいみたい」

「それは……そうなのかな」

美緒は華耶のからかい交じりの言葉に視線を泳がせる。

匠は親戚たちの前でも結婚に喜ぶ素振りを続けているのだろう。

両家の顔合わせでも満ち足りた笑みを浮かべ、美緒の両親と話していた。

「美緒ちゃん、聞いていい？　プロポーズされた時、どんな気持ちだった？」

「プロポーズ？」

「そう。匠君、どんな言葉でプロポーズしたの？」

「それは……」

美緒は口ごもる。結婚の理由が理由だけに本当のことを言うのはまずいだろう。

「匠君はストレートに結婚したいって伝えたって胸を張ってたけど、本当？」

高校生になり恋愛に興味を持ったのか、美緒の答えをワクワクしながら待っている。

「匠さんは……私と結婚したいと思ってるって言ってくれて」

前後の会話を端折っているが、そう言われたのは間違いじゃない。

すでに匠が華耶に話しているなら、これくらい言っても大丈夫だろう。

「きゃーっ。匠君決める時は決めるんだっ。今まで仕事以外のことには気が利かなくて恋愛にもクールだろうなって思ってたけど、意外すぎる」

華耶は顔を赤らめ椅子の上で両足をバタバタしている。

「それで美緒ちゃんはなんて答えたの？」

「私はその……信じられなくて。すぐにはなにも言えなかった……かな」

「どうして？　ふたりはお似合いだよ。それに付き合いが長くてわかり合ってるから匠君の結婚相手にぴったりだねってお母さんとよく話してたもん」

「ぴったりって」

それは華耶たちの勘違いだ。

確かに匠と知り合って長いが、結婚を決めたのはお互いにわかり合っているからではなく結婚するべき理由を抱えているからだ。

これからも美緒の匠への片想いは続き、それを受け止める覚悟もできている。

「中学生の時から一緒にいた人と結婚なんて、ロマンティック。ドキドキする」

華耶は目を細め、うっとり呟いている。

「華耶ちゃんには気になる男の子はいないの？」

これ以上匠とのことを追及されないよう、美緒は話を逸らした。

「実は同じクラスにいるんだけど、向こうは私に興味がなさそうだから今は好きになってもらえるように頑張ってる。一緒に合唱コンクールのクラス委員をやっていてね、優勝を目指して奮闘中なの」

「好きになってもらえるように……頑張ってる？」

美緒は小さく反応し、心がざわめくのを感じた。

そんな前向きな言葉、今まで思いついたことがなかったのだ。

「美緒ちゃん？」

「ううん、なんでもないの。合唱コンクールって懐かしい。委員は大変だよね」

景和学園では二月末にクラス対抗の合唱コンクールがあり、十二月に入ると本格的に練習が始まる。美緒もクラスのとりまとめをする委員として働いた記憶がある。

「少しでも私のことを知ってもらいたいし、やるなら優勝したいから。三学期に入ったら早朝練習も始まるし、一緒に頑張ろうって言ってるの」

「そっか」

屈託なく自分の気持ちを口にできる華耶が羨ましい。

セレブな生まれで抜群の容姿。性格も明るくいつも前向きだ。華耶のことを知れば、その男の子も彼女を好きになるに違いない。

「華耶ちゃんみたいにアクティブに前に進めるって羨ましい。まだ高校生なのに将来はお父さんの会社を継ぐって決めてるし。精神的にも自立していて尊敬する」

十歳も年下の高校生に尊敬するとは妙だが、華耶の間に年の差は感じられない。

「なに言ってるの？」

華耶はきょとんとする。

「私の方が美緒ちゃんを尊敬してる。中学の時からご両親と離れて生活してるし、今は会社と洋服作りを両立してる。自立してるって言うなら美緒ちゃんの方だよ」

「そう言ってもらえるとうれしいけど」

華耶の熱がこもった言葉に美緒はたじろいだ。そんな風に思われているとは驚きだ。

「自分の力で生きてる美緒ちゃんは、私の自慢なの。匠君もきっとそう思ってる」

「まさか。自慢なんて大袈裟。私なんて、ただ洋服を作るのが好きなだけで――」

「大袈裟じゃない」

華耶はきっぱりとそう言って、まっすぐ美緒を見つめる。

「私が父さんの会社を継ごうと思った一番の理由は、美緒ちゃんが作った洋服を特別な箱に詰めてたくさんの人に届けたいから。絶対に実現させるから楽しみにしていて」

華耶の勢いに気《け》おされ、美緒は思わず頷いた。

華耶の言葉すべてに納得したわけではないが、趣味の延長のように洋服を作り続けている今の自分が認められたようで、うれしい。そして照れくさい。

「私にとって美緒ちゃんは、お母さんの次に目標にしている女性なの」

「それは無理があるよ。私なんて京佳さんの足もとにも及ばない」

持ち上げられて悪い気はしないが、こればかりは否定するべきだ。

「京佳さんと私じゃ土俵が違いすぎる」

京佳はモデルや芸能人からの指名も多い、国内外を飛び回る有名なスタイリストだ。マスコミで取り上げられる機会も多い有名人で、今でこそ落ち着いて話せるが、大学時代に匠から紹介された時は、そのオーラに圧倒されてうまく話せなかったほどだ。

「もう……美緒ちゃんは自己評価が低すぎるの。もっと自分を認めてあげなきゃ」

華耶は呆れたように肩を竦める。

「私、匠君の結婚相手が美緒ちゃんでよかったなって思ってる。匠君の女性を見る目は確かだって見直したもん」

「見る目って……それはどうなのかな。日高家にふさわしいとも思えないし」

匠に見る目があるのかどうかは、今回の結婚に関係ない。お互いに結婚するべき理由があったからの結婚。それだけだ。

「またそういうことを言ってる」

華耶は肩を落としため息を吐く。

「日高家の名前にプレッシャーを感じるなら、美緒ちゃんが追いつけばいいのに。素敵な洋服をたくさん作って実績をあげて、美緒ちゃんが有名になればよくない？」

「追いつく？　私が有名に……？」

「そう。匠君に追いつくどころか追い越して、今よりもっと美緒ちゃんのことを好きにさせちゃえばいいのよ」

「追いつくなんて無理。え、好きにさせる？」

美緒はハッとした。

さっきも気になる男の子に好きになってもらいたくて頑張っているという華耶の言葉に胸がざわついたが、今の言葉にもなにかが引っかかる。

「好きになってもらう……頑張る？」

美緒は確認するように、呟いた。

今まで考えたこともなかったが、この先努力すれば、匠の隣に胸を張って並べる自分になれるのだろうか。

今は単なる後輩として大切にされているが、いつか女性として愛してもらえる日がくるのだろうか。

そう思いついた途端、胸の奥にこれまで感じたことのない感情が広がった。

「匠君のことだから、美緒ちゃんが自分のために頑張ってるって知ったら感動して泣いちゃいそう」

美緒は華耶のはしゃぐ声をぼんやり聞きながら、匠に愛されたらどれほど幸せだろうと胸を震わせた。

その晩遅く、匠が出張から帰って来た。

年明けから出張の機会が増えて、今回も五日間帰って来なかった。

再生可能エネルギーのプロジェクト関係らしく、記者発表を控えて最終的な確認に飛び回っているそうだ。

「お帰りなさい」

そわそわ匠の帰りを待っていた美緒は、玄関の鍵が解除された音が聞こえたと同時に玄関に急いだ。

「お疲れ様でした。向こうは雪がかなり降ったみたいですけど大丈夫でしたか？」

匠がいない間寂しくて、何度となく出張先の天気を確認しては匠を思い出していた。結婚するまでは何カ月会わなくても平気だったのに、今はたった五日会えないだけで寂しくて仕方がない。

「雪には参った。高速が通行止めになるしでホテルに缶詰だ」

匠は靴を脱ぎながら、うんざりした声で答える。出張続きで疲れているのだろう、目の下に薄い隈ができている。

「大変でしたね。こっちは雨ばかりで毎日じめじめして……わっ」

不意に匠の手が伸び、美緒を抱き寄せた。

「匠さん、あの……」

「早く美緒に会いたかったのに、雪のせいで新幹線も遅れてこんな時間だ」

匠は美緒を抱きしめ、ほおっと息を吐き出した。

「ただいま」

美緒は匠の胸に顔を埋めたまま、コクコク頷いた。

「お帰りなさい」

背中に回された匠の手が懐かしい。

「温かいな。ホッとする」

さらにギュッと抱きしめられて、匠のコートから外気の冷たさが伝わってきた。

「寒い中、お疲れ様でした」

美緒は遠慮がちに両手を匠の背に回し抱きしめ返す。

その瞬間、寒さがまだ身体に残っているのか、匠がぴくりと震えた気がした。

「ふふっ。雪の匂いがします……なんて、気のせいですね。雪は子どもの頃から好きですけど、匠さんの邪魔をするなら、今日だけは嫌いになりそうです」

美緒が笑いながらそう口にした途端、匠は美緒の顎を掴んで上を向かせ唇を重ねた。

「んっ」

突然唇に落ちてきた冷たさに顔を逸らそうとするも、さらに強く抱きしめられて動けない。

「あ……」

掠めるような軽い口づけを何度も受け止めるうちに、身体から力が抜けていく。

「美緒……」

匠は美緒の身体をそっと引き離した。

美緒はキスの余韻を感じながら、浅い呼吸を繰り返す。

「会いたかった」

匠は美緒の頬にかかった髪をそっと後ろに梳きながら、呟いた。

「美緒は？　俺がいなくて寂しかった？」

「えっと……それは」

もちろん寂しくて、そして会いたくてたまらなかった。けれど契約結婚の相手でしかない自分がそんなことを言ってもいいのだろうか。

「美緒？」

期待が滲む瞳が間近に迫ってくる。

「寂しかった……です。それに会いたかったし」

匠から会いたかったと言われて我慢できず、本心が口をついて出てしまう。

「あ、それはその」

恥ずかしくて次第に声が小さくなっていく。

匠に聞こえたのかどうかもわからずチラリと目を向けると。

「上出来。素直でよろしい」

匠は満ち足りた甘い笑みを浮かべ、にっこり笑っていた。

「出張続きで大変ですね。そろそろ落ち着く頃ですか？」

美緒は用意していたパエリアをテーブルに置き、タブレットでデータらしい数字を確認している匠に声をかけた。

「ようやくプロジェクトが完了して、本格的に動き出すんだ。近いうちに広報からリリースが出て、記者発表がある」

「HPで確認しますね。あ、匠さんのお口に合うかどうかわかりませんが、召し上がって下さい」

美緒はエプロンを外し、匠の向かいに腰を下ろした。

「パエリアか、好物なんだよな」

それならとっくに知っている。食通の匠に連れられ何度か訪れたスペイン料理の店では、いつもパエリアを注文していた。

華耶が帰ってからずっと、どうすれば匠に好きになってもらえるのだろうと、そればかりを考えていた。

まずは料理で匠の気持ちを掴もうと決め、用意したのが匠の好物のパエリアだ。

「いただきます」

匠は待ちかねたようにパエリアを口に運んだ。

「うまいな。いつも店で食べてるのよりもしっとりしていて俺好み」

「よかった。さすがにお店みたいにムール貝は用意できなかったんです。その分、海老は一番大きくて美味しそうなのを選びました」

美緒は胸をなで下ろした。思っていた以上に緊張していたようだ。

「ありがとう。こんな時間まで付き合わせて悪い。そういえば美緒のＨＰに今は注文の受付を停止してるってあったけど、なにかトラブルでもあったのか？」

食事の手を止め、匠は心配そうに眉を寄せる。

「いえ、大丈夫です。ただ、ありがたいことですけど注文が増えて体力的に厳しくて。だから注文を毎月一日から五日間だけ、受注数も絞って受けることにしたんです」

「そんなに注文が入ってるのか？」

「そうなんです。かなり悩んだんですけど。そうするしかなくて」

この判断がベストだったのか、正直今も悩んでいる。

けれどここ一年注文数は毎月増え、先月はとうとう体調を崩してしまった。

幸いにも会社は年末年始の休みに入っていて、無事に発送を済ませて誰にも迷惑をかけずに済んだが、今後もうまくいくとは限らない。

本業との両立を考えると無理は続けられず、やむなく注文期間を設定して受注数を限定することにしたのだ。

この判断は正解だったようで、これまで以上に創造する楽しみを感じている。

「そうか。心配だが……俺になにかできることがあれば言ってくれ」

心配する匠に、美緒は笑顔を向ける。

「私が好きで続けていることなので、大丈夫です。でも、ありがとうございます」

「そうか。だけど体調には気をつけてくれよ。無理はするな」

「わかってます。そのために受注数を絞ったので大丈夫です。それより匠さんの方が忙しそうですよ。私のことより仕事に専念して下さい」

美緒の力強い声に、匠は「そうだな」と静かに呟いた。

「それにどんなに忙しくても、お客様からお礼のメッセージが届くとうれしくてやる気が出るんです。だから大丈夫です」

中には返品したいという残念なものもあるが、多くは美緒への感謝の気持ちが綴られている。これまでそのひとつひとつを励みに頑張ってきた。

この先も、自分の技術に磨きをかけて、たくさんの人に愛される服を作りたい。

「服のことになると楽しそうに話すところ、昔と変わらないな。俺に衣装を作ってくれた時も、今と同じ顔だった」

匠は思い返すように呟いた。

「あの頃からずっと、俺にとって美緒は特別なんだ」

「特別？」

美緒はぴくりと反応する。特別という言葉につい期待し、ドキドキしてしまう。

「そう、特別」

匠は軽く頷き言葉を続ける。

「衣装を作っている時の美緒は、どんなに疲れていても楽しそうだった。あの時美緒の笑顔に癒やされて学園祭の準備の忙しさも乗り切れたし、今も生き生きと洋服を作っている美緒を見ると、俺も頑張ろうって思える」

「そう言ってもらえるとうれしいですけど。癒やされたというのは違うような」

美緒は照れくささに顔を熱くし、首を横に振る。

同時に、特別だと言われて期待してしまった自分が恥ずかしい。

「そんな美緒を間近で見ていられると思うと、俺もワクワクする」

「ありがとうございます」

続く言葉にもドキリとするが、深い意味はないのだと気持ちを落ち着ける。

「そういえば、結婚式が十月の二週目の日曜日に決まりそうだ。一番広い部屋にキャンセルがあったから即仮予約を入れたって父さんから連絡があったんだ」

「十月ですね。わかりました。両親と兄にも伝えておきます」

「日程も会場もこっちの都合を優先して申し訳ない」

「大丈夫です。両親もまだ時間があるので調整できると言ってました」

オーベルジュの予約は半年前からなので、十月なら対応できるはずだ。

「できればこの春にでもって思ってたけど甘かったな。自分の立場にこれほどモヤモヤするのは初めてだ」

苦笑交じりにそう言って、匠は手元の炭酸水を飲み干した。

結婚してから気付いたが、美緒が感じていた以上に匠は結婚式を急いでいる。

婚姻届は提出しているが、関係先すべてにそのことを連絡するわけではない。結婚式を挙げてようやく周囲に認知され、見合いの話も完全になくなるはずだ。

匠は仕事だけに集中できるようになるその日が待ち遠しいのだろう。

「仕方ないか。籍を入れて美緒と暮らせるようになっただけでよしとする……いや、なんでもない」

「匠さん？」

真剣な顔でなにか呟いていたが、うまく聞き取れなかった。

「ああ、大した話じゃないんだ。プロジェクトを成功させたいって話」

「だったら私も。夢を叶えるために今まで以上に頑張ります」

匠のためにできることは限られている。だったらせめて胸を張って隣に並べる自分でありたい。

華耶の言葉を意識しているわけではないが、今まで以上に洋服作りに力を入れて実績をあげ、匠に追いつきたい。

「会社も忙しくなりそうなんですけど、服作りにも力を入れて楽しみます」

そして匠の結婚相手として周囲から認められたい。

なにより匠に好きになってもらいたい。

そのための努力ならいくらでも頑張れるはずだ。

「美緒の会社のことだけど。前にも言ったが洋服作りに専念したいなら、会社を退職する選択肢もある。もちろん美緒の意思に任せるし外の世界と繋がりを持つのは悪くないが、無理はするな。美緒の生活を引き受けるくらいの余裕は十分あるから、いつでも俺に協力させてほしい」

美緒が気を使わないよう配慮しているのか軽い口調とは逆に、匠の瞳は真剣だ。

「ありがとうございます。でも、頑張って両立していくつもりです」

匠は顔をしかめた。

「一緒に暮らし始めて美緒の頑張りを直接見るようになっただろう？　前より心配なんだ。だから無理をしないで俺に頼ってほしい」

「今はその言葉だけで、十分です。でも、すごくうれしいです」

匠になにもかもを頼るつもりはないが、この先ずっとそばにいてくれるという約束をもらえたようでうれしい。

「ひとまず今日の後片付けは俺に任せてくれ。ひとり暮らしが長いおかげである程度の家事はできるんだ。とはいっても、掃除は苦手でプロにお任せだったけどな」

「いえ、大丈夫です。後片付けなら私が……」

その時カウンターに置いていた美緒のスマホがメッセージの着信を告げた。

「ごめんなさい」

美緒は立ち上がりスマホを手に取った。

「佐山君?」

メッセージは佐山からの簡単な業務連絡だった。

【夜分遅くにすみません。今日は企業レポートをありがとうございました。参考にさせてもらって反応は上々です。取り急ぎお礼まで】

「よかった」

佐山が受注に向けて交渉中の企業についてまとめた資料が役に立ったようだ。

「仕事でなにかあったのか?」

匠の声に、美緒は顔を向けた。

「いえ、ちょっとした報告でした」

「報告?」

美緒は軽く頷くと、匠の向かいに再び腰を下ろした。

「交渉中の相手先から色よい返事があったみたいです。私も多少のアシストをしたので安心しました」

たとえ美緒が手を貸さなくても契約を取れるかもしれないが、少しでも役に立てたと思うとやはりうれしいし、やりがいを感じる。

「ごめんなさい。佐山君に返事だけ送っておきます」

美緒は簡単なメッセージを佐山に返し、スマホを置いた。

「佐山君？」

「はい。相変わらずしっかりしていて、気が利くんです。この間も私が寝不足だって気付いて急な仕事を引き受けてくれて」

「仕事、楽しそうだな」

「そうなんです。佐山君以外にも仕事ができる人が多いので、刺激をもらってます」

「そうか」

「匠さん？」

美緒は首を傾げた。

それまでの柔らかな表情は消え、表情を曇らせている。

年明けから出張続きで痩せたのか、もともと小さな顔がさらに精悍になっている。

プロジェクトリーダーとしての重責を背負い、忙しい日々を送ってきたのだろう。

「やっぱり出張で疲れてますよね。お風呂を用意してきますね」

美緒はバスルームに急いだ。

「美緒」

匠の横を通り過ぎようとした時、匠に手を掴まれた。

「あの、お風呂を……匠さん疲れてるみたいだし、ゆっくり入って身体を休めた方が」

「それは後でいい」

「そうですか……えっ」

匠の手に引っ張られ、美緒は勢いよく匠に飛び込んだ。

「た、匠さん？」

気付けば匠の膝の上。美緒は慌てておりようとするも、素早く伸びた匠の腕に抱きしめられ、身動きが取れない。

「匠さん、からかってますか？　私、見た目より重いですよね。おろして下さい」

膝の上で横抱きにされ、美緒は手足をばたつかせた。

帰宅早々のキスに続くスキンシップ。心臓がばくばく音を立てている。

「落ち着け。からかってないし、この華奢な身体のどこが重いんだよ」

匠は美緒を抱きしめたまま、離そうとしない。

美緒は突然のことに動転し、身を小さくし俯いた。

「こんな細い身体で毎日徹夜しながら頑張ってるんだな」

匠は小さく呟くと、美緒の頭を胸に抱いた。

「忙しいのはわかっていたが、これほどとは思ってなかった」

「ごめんなさい。夜遅くまで作業部屋にこもってるから気になりますよね。たまに眠り込んだ私をベッドに運んでくれるし」

匠の提案で、契約結婚だと周囲にばれないよう、身体を重ねたことはないものの普段から同じベッドで眠っている。匠は夜通しの作業でうとうとしている美緒をそのたびベッドまで運んでくれるのだ。

朝目が覚めると匠に抱きしめられていることもしょっちゅうで、そのたび声を漏らしそうになるのを必死でこらえている。

「作業部屋に簡易ベッドを置きます。匠さんの疲れが取れなくて申し訳ないし」

「その必要はないよ」

「でも今もすごく疲れてるみたいですよ」

ただでさえここ最近痩せたような気がして、気になっていたのだ。

もちろん匠の胸に抱かれて目覚める朝はドキドキしつつも極上で手放したくないが、匠の身体が最優先だ。

「私ならずっとこんな生活なので大丈夫です。匠さんはゆっくり眠って下さい」

「だったら美緒がそばにいてくれないと困る」

「え？」

「俺はもう、美緒がいてくれないと落ち着かないんだ。だから別々に眠るのはＯＫできない」

匠はきっぱりそう言って、美緒をまっすぐ見つめた。

ぐっと細められた目から強い意思が読み取れる。まるで美緒をこのまま離さないとばかりの強い光だ。

「今日はもう、仕事の区切りはついたのか？」

「はい」

「だったら。今夜はひと晩中美緒を抱いていたい。どういうことか、わかるか？」

匠の甘い声が部屋に響いた。

その瞬間、美緒の鼓動はトクリと大きな音を立て、色香を増した匠の眼差しから目を逸らせなくなる。

「は、はい。わかってます。……私も一緒にいたいです」

美緒の全身がかあっと熱くなる。

迷いは微塵もない。それにひと晩中匠に抱かれていたいという本音には逆らえない。

もちろん匠が求めているのは抱きしめる以上のこと。その意味もわかっている。

美緒は匠の首にしがみつき、ギュッと目をつぶった。

すると匠はゆっくりと美緒の身体を遠ざけ、唇を重ねた。

「……んっ」

口内に差し入れられた匠の舌に意識が奪われ、頭の中が真っ白になる。初めての感覚をどう受け止めればいいのだろう。

匠の動きを必死で受け止めているうちに、徐々に熱い感情が全身に溢れ出し、自らも身体を寄せて匠の唇に吸いついた。

途端に匠の身体がぴくりと震え、口内をうごめく匠の舌がさらに熱くなる。

「美緒……」

唐突に匠の熱が離れ、見上げると、熱情に揺らめく匠の視線に見下ろされていた。

「美緒が欲しい。ひと晩中抱いていたい。いいか？」

その問いに選択肢はあるのだろうか。

美緒は劣情を隠そうとしない匠の目に促され、こくりと頷いた。

ベッドに潜り込み不安と期待で心臓をバクバクさせていた美緒は、シャワーを終えた匠に抱き寄せられた。

同じボディーソープの香りに束の間ホッとするものの、匠の強い眼差しに息を詰め、不安に全身が包み込まれた。

「大丈夫。優しくする……つもりだが、我慢がきかなかったら、悪い」

シャワーを浴びたばかりだとはいえ、匠の身体はかなり熱い。美緒の頬を撫でる手も小さく震えている。

「匠さん……」

こうして匠を昂ぶらせているのは自分だ。そのことに気付き、美緒は不安以上の喜びを感じた。

「平気です」

ぎこちないながらも笑顔を返すと、匠の目の奥が光ったような気がした。

「俺は平気でいられそうにないな」

吐息交じりの甘い声とともに匠の顔が近づき、あっという間に唇が重なった。

「んっ」

柔らかな唇が触れた途端、身体の奥が微かに痺《しび》れた。

目を閉じ匠のしっとりとした唇の動きに必死でついていく。

「美緒……」

美緒の緊張を解きほぐすように、匠は角度を変え何度も優しくキスを落とす。繰り返される行為は甘く、美緒の反応をうかがうように繊細だ。

「キス、嫌じゃないか？」

角度を変える合間、匠が問いかける。

「わ、わからない……」

唇が離れるほんのわずかなタイミング。美緒は荒い呼吸の合間、小さく答えた。

匠の唇の柔らかさと熱を受け止めるだけで精一杯で、頭の中がぼんやりとしている。

「美緒……」

甘い表情で見下ろしてくる匠の視線が熱くて見ていられず、視線を泳がせる。

広い寝室にはふたりの吐息だけが響き、その静けさに気付いた途端匠とふたりきりだと実感する。

「た、匠さん……あの」

これからどうなるのだろう。不安で声が震えている。

とはいえ恋愛経験がない自分でも、この先に控えていることはわかっている。

「今夜は美緒を離したくない」

見下ろす匠の口から決意に満ちた低い声がこぼれ落ち、整った顔が再び美緒に近づいてくる。

頬に触れる匠の手は一段と熱く、美緒は促されるまま唇を差し出した。

想いを寄せる人とのキスが、これほど気持ちがいいとは想像もしていなかった。

緊張で強張っていた身体から次第に力が抜けていき、つたないながらもキスに夢中になっていく。

「ふ……んっ」

唇を這《は》う熱と頬を撫でる匠の指先の動きに身体が反応し、自分のものだとは信じられない声が口から漏れ出るのを我慢できない。

まるで恋人同士のような親密なふれ合いに、これが夢か現実なのかわからなくなる。

「このまま美緒を俺のものにしたい」

その瞬間、美緒の身体は匠にかき抱かれていた。

「……匠、さん？」

まともになにも考えられない中、匠の言葉にぼんやりと視線を向けた。

〝美緒を俺のものにしたい〟

どういう意味だろう。

匠の唇が美緒の胸の先端を甘噛みした。

「あっ……ん」

初めて知る鋭い刺激に全身が強ばり、なにも考えられなくなった。

今はただ、匠の温もりだけを感じていたい。

美緒は自ら両手を伸ばし、匠の身体を抱き寄せた。


カーテンがきっちり閉じられた寝室は、月明かりすら届かずぼんやりしている。

ベッドサイドのほのかな灯りだけの空間で、美緒は世界に匠とふたりきりになったような気がしていた。

匠とベッドに入ってからどれくらい経ったのだろう。

なにも身につけていない身体はベッドに押しつけられ、美緒は絶えず与えられる口づけに溺《おぼ》れ、浅い呼吸を繰り返している。

目の前には色気を孕《はら》んだ匠の瞳。

美緒はこれはやはり夢かもしれないと感じ、艶やかな吐息を漏らした。

「匠さん……」

匠は美緒の声に優しく目を細めた。

「悪い。まだ、これからだ」

匠は美緒の頭の脇に両肘をつきそっと唇を重ねた。

美緒の反応をうかがうように、掠めるだけのキスを繰り返す。

「んっ……」

火照り続けている身体はほんの少しの刺激でも震え、つい声が漏れてしまう。

匠の手に優しく触れられるたび、これまで感じたことのない喜びが全身に広がっていく。

キスだけでなく、好きな人に触れられることがこれほど幸せなことだとは思わなかった。

「美緒がいてくれれば、それでいい」

心を満たす幸せな言葉ばかりが聞こえてくる。

夢を見ているのかもしれない。それでもいい、このままずっと匠と口づけを交わし、抱き合っていたい。

昂ぶる感覚の中、美緒はもっと匠に近づきたくて両手を匠の背中に回した。

湿り気を帯びた肌、そしてバランスが取れた筋肉。初めて知る匠の身体は見た目よりも逞《たくま》しい。

「匠さん……好き」

つい口にした言葉に照れて匠の身体にしがみついた途端、匠の口から押し殺したような声が聞こえた。

「俺のものだ……」

「ん……っ」

強く唇を押しつけられたと同時に開いた口に、匠の舌が差し入れられた。

とっさに顔を逸らそうとしたが、匠の両手が美緒の頭を固定するのが早かった。

引っ込めた舌は匠のそれに絡め取られ、まるで自分のものだといわんばかりの強引なキスが続く。

「ふっ……匠さん」

強引に引き出された舌を甘噛みされるたび、美緒の口から切れ切れに声が漏れる。

ほの暗い寝室に響くその声は甘く、そして淫靡《いんび》だ。

「その声、他の男には聞かせてほしくない」

匠は美緒の反応が気に入ったのか、何度も舌を甘噛みした。

「美緒を幸せにするのは俺だ」

「は……い」

反射的に頷くものの、初めて知る刺激に耐えるだけで精一杯。他のことはまともに考えらない。匠の言葉も遠いところで響いている。

「やっ……あ」

不意に胸の先端を匠の指先が掠め、たまらず声をあげた。全身に電気が走ったように痺れ、身体の奥深い部分が濡れていくのを感じる。

匠の手が胸元から下へとおりていき、脚の付け根を優しく撫で始めた。

美緒の反応をうかがうような軽く触れるだけのふわりとした刺激。初めて知る感覚は甘く、腰に広がるその心地よさに美緒は大きく身体を反らした。

「そこは……や……っ」

無意識に開いた脚の間に匠の手が滑り込み、敏感な部分を刺激し始めた。

美緒はたまらず匠の身体にしがみつくと、目を閉じ高まる快感をやり過ごした。

「大丈夫だ。美緒が嫌がることはしない」

くぐもった声が鼓膜に直接響くものの、うまく聞き取れない。

今は匠から与えられる刺激と心地よさを受け止めるだけ。匠がなにを言っているのかもわからない。

精一杯の力でまぶたを開くと、欲情を孕んだ匠の瞳が目の前にあった。

他の誰でもなく自分にその眼差しが向けられていることに、美緒は喜びを感じた。

少なくとも今この瞬間、匠は美緒を女性として見ている。

脚の間をトロリとなにかが伝い落ちたような気がした。

「美緒を俺だけのものにしたい。いいか？」

考える間もなく頷くと、匠は美緒の身体をギュッと抱きしめ首筋に顔を埋めた。

熱い吐息が何度も落とされ、そのたび匠に組み敷かれた身体から力が抜けていく。

このまま匠の腕の中にずっといたい……。

「美緒、愛してる。早く俺を好きになれ」

匠の声が自身の吐息にかき消されるのがもどかしい。

その瞬間、身体の奥を貫いた鋭い痛みに、美緒はひときわ大きな声をあげた。

匠ｓｉｄｅ～想いの始まり～

美緒と初めて言葉を交わした時、それから十年以上も想いを伝えないままでいるとは思わなかった。

適度な距離を保ち見守る優しい先輩。

その立ち位置を崩さず、彼女との関係を続けてきた。

それはこの先も続くのだろうと腹をくくり、他の男に譲る気もなく美緒を想い続けていた。

ほんの五分前までは。


食品会社で働く美緒は、副業で洋服を作りネット販売している。

センスのよさと丁寧な仕上がりが評判で、売上げは毎年順調に伸びていると聞く。

いつか自分のブランドを立ち上げて実店舗を持つという夢を叶えたいと、睡眠時間を削って努力し続ける彼女を、何年も見守ってきた。

長くその夢を追い続け努力し続ける強さとひたむきさは彼女の魅力で、刺激を受けることが多い。

一方では幼少期から男への苦手意識を抱えていて、学生時代はなぜか俺以外の男とふたりきりになると過呼吸になるほど精神的に不安定だった。

そんな彼女を目で追う中で、好きだと気付くのはあっという間だった。

高等部三年の冬。その時から俺は、彼女を想い続けている。


「早く結婚しなきゃって初めて考えてます」

離婚を決めました。とでもいうような思いつめた表情で、美緒は目の前で湯気を上げる鍋を見つめている。

色白で小さな顔に赤く形のいい唇。二重まぶたの大きな目は長いまつげで縁取られている。

すっと通った鼻筋のせいで一見冷たく見られがちだが、顔をくしゃりと崩して笑えば途端に可憐でかわいらしくなる。

この愛らしさだ、学生時代も男からよく声をかけられていたが、今も職場でもてているはずだ。

ふと美緒がたまに口にする「佐山」という男のことが、頭に浮かんだ。

ここに来てからも彼の話を楽しげにしていた。

美緒が言うには抜群の営業実績で上司からの評価が高い、期待の若手。

美緒がひとりの男のことを何度も話すのは珍しい。

恋愛に興味がなく、男からの好意にも鈍感で気付かない。

今までそれを安心材料にして、先輩という立場で美緒との関係を続けてきたが、その男の名前を聞くたび美緒の変化を感じて焦りを覚えるようになった。

たまたま美緒の会社近くを通りかかった時に、彼女が佐山らしき男とふたりでランチを楽しむ姿を目にしてからは、なにもできない自分を持て余しつつあった。

美緒が過去のトラウマを克服し、俺の想いを受け入れられるようになるまで待つと決めているが、そんな悠長なことをしていていいのかと、迷いも生まれていた。

そんな時に彼女の口から結婚したいという言葉が出たのだ。

今が単なる先輩という窮屈《きゅうくつ》な肩書きを捨てるタイミングだと、瞬時に判断した。

「じゃあ、俺と結婚すればいい」

「え？」

予想通り、美緒は俺の言葉に驚き、目を瞬かせている。

それもそのはずだ。今まで結婚の話が出るどころか甘い雰囲気になることもなかったのだ。

美緒に男への苦手意識が少しでも残っている間は、余計なストレスを与えたくない。

そんな理由で気持ちを隠してきたが、きっかけはどうあれ結婚したいと思えるようになったのなら、相手は誰より美緒を愛している俺でよくないか？

「結婚……？」

「ああ。美緒が結婚すれば、お兄さんの問題は解決するんだろう？　だったら俺と結婚すればいい」

そう口にして、すぐに後悔した。

お兄さんの結婚の話を持ち出せば、兄思いの美緒は断らないはずだ。

そんな打算で美緒を追いつめたくない。

「えっと、あの……冗談ですよね？」

美緒は信じられないとばかりに俺の顔をまじまじと見ている。

「冗談で結婚しようなんて言うつもりはない」

冗談で言える程度の想いなら、とっくに気持ちを伝えている。

「だったらどうして……あの、兄のことは解決するかもしれませんが、だからって匠先輩が私と結婚するなんて、あり得ません」

そうだった。美緒は意外に頑固だ。納得できないことには途端にクールで慎重にもなる。

頬を紅潮させ混乱している今も、冷静になろうと必死なはずだ。

かわいいな。

どこをどう切り取ってもかわいいと、そして愛おしく思えて仕方がない。

ここが限界かもしれないな。

十年待った。そろそろ美緒を俺のものにしてもいいよな。

「美緒の結婚相手として俺以上に適任の男がいるとは思えないんだけどな。これだけ長い間連絡を取り合っていて、子どもの頃の事件のことも知っている俺ならお兄さんを納得させるのにもってこいだろう」

俺はこの日、美緒と結婚しようと決めて動き始めた。

舞い込んできた奇跡

それから一週間、美緒が出勤すると数人の社員が部長の席を取り囲んでいた。

課長と営業担当たちで、どの顔も明らかに深刻そうだ。

部内の空気も重く、あちこちから部長たちに視線が向けられている。

「おはよう。なにがあったの？」

美緒は席に着き、隣の席で様子をうかがっている佐山に声をかけた。

「おはようございます。《カメイ製作所《せいさくしょ》》の契約が、終了するらしいですよ」

「えっ」

あまりの驚きに、美緒は息をのんだ。

カメイ製作所は業界大手の老舗企業で、本社工場の社員食堂を箕輪デリサービスが運営している。

付き合いは今年で三十年と長く、これまで問題なく契約を更新してきたはずだ。

「突然だね。理由がなにか知ってる？　トラブルでもあったのかな」

「『木島《きじま》イート』に持っていかれたみたいです」

木島イートは毎年箕輪デリサービスと売上げトップを争う競合企業だ。

ただ箕輪デリサービスと違い商業施設のフードコートの管理や売店事業が収益の柱で、一般企業の食堂運営にはさほど力を入れていない印象がある。

カメイ製作所の本社工場は二十四時間体制で稼働していて、五百人を超える社員が交代制で働いている。

社食事業の経験が浅い木島イートが、カメイ製作所クラスの食堂を運営するのは難しいはずだ。

「木島イートが本格的に社食事業に乗り出すってことですね。カメイ製作所との契約ってことは、うちに対する宣戦布告。ちょっと燃えますすね」

佐山の面白がる声に、美緒は苦笑する。

「燃えるのはいいけど、とりあえず持っていかれた売上げをどこでカバーするか考えないと」

契約終了となれば、売上げに少なからずの影響が出る。

おまけにカメイ製作所の社員食堂は、有名建築家が内装デザインを担当したモダンな食堂として知られていて、テレビ番組の中継が入ることも多い。

箕輪デリサービスにとっても会社のイメージアップにつながる大切な取引先で、契約終了はかなりのダメージに違いない。

「今まで現場案内にカメイ製作所をよく使わせてもらってましたけど、これからはそれも無理。影響が出ますよね」

「売上げよりそっちの方が痛手かも」

営業活動の一環で、運営中の社員食堂に契約を目指して交渉中の担当者を案内することがある。

自社の運営能力の高さだけでなく、実際に提供している料理を食べて味や品質に納得してもらうのが一番の目的だ。

ただ、セキュリティの観点から協力してくれる企業は少ない。

その中で、カメイ製作所はいつもふたつ返事で案内を受け入れてくれるありがたい企業だった。

部長たちが慌ただしくミーティングルームに入るのを眺めながら、美緒はことの重大さを理解した。

その後上層部が乗り出しカメイ製作所と交渉を続けたが、契約の継続とはならなかった。

「木島イートが提示した受注金額、うちの三割以上低いらしいんで、そりゃ負けますよね」

佐山は淡々とした口調で呟き、コーヒーを飲み干した。

午前中の会議が終わり、その流れで食堂で昼食を取っているが、話題の中心は今回のカメイ製作所の件だ。

カメイ製作所との契約が正式に終了し、それに代わる取引先の開拓が急務となった。

売上げの維持はもちろん現場案内に寛容な企業が必要なのだ。

新入社員ながら優秀な営業成績をあげる佐山への期待は大きい。

「私も手伝うし、頑張ろうよ」

「いえ、大丈夫です」

佐山は軽く首を横に振る。

「交渉中の企業がいくつかあって、今回飛んだ売上げ分くらい余裕でカバーできます」

「え？」

「来期早々の契約を予定して動いてるんですけど、この状況なので契約を急ぎます。だからご心配なく」

「そうなんだ」

あっさり答える佐山に、美緒は目を瞬かせる。

「現場案内についても交渉中の隠し球がひとつあるんですよね」

「隠し球？　なにそれ……」

「近いうちにいい報告ができると思うんで、お楽しみに」

佐山はニヤリと笑うと、トレイを手に立ち上がった。

「このことはオフレコでお願いします。なんせ隠し球なんで」

「わかった。とにかくいい結果が出るように頑張って」

どんな隠し球か見当もつかないが、佐山のことだ、勝算があるのだろう。

美緒は返却口に向かう佐山の背を眺めながら、敵わないなと小さく息を吐き出した。

その時、手元に置いていたスマホが震えた。

見ると華耶からメッセージが届いている。

【美緒ちゃんが仕立ててくれたワンピース、すごく評判がよかったの。パパの会社の人も美緒ちゃんにワンピースをお願いしたいって！】

「お願い……？」

美緒はメッセージをもう一度読み返す。

確か最近華耶の父親の会社の新年会があったはず。その時なにかあったのだろうか。

すると続けて華耶からメッセージが届いた。

【それもひとりじゃないの。どこで仕立てたのかって次々聞かれたから、美緒ちゃんのHPを教えてアピールしておいたよ。来月初めの注文、かなりの数になると思う。楽しみだね】

「嘘……っ」

つい大きな声が漏れ、慌てて手で口を押さえた。

「かなりの数って……嘘。え、でも本当？」

想像もしていなかった展開に驚き、美緒はスマホをまじまじと見つめる。何度読み返しても、信じられない。

再びメッセージが届く。

【パパの会社のHPを見て。さすがプロのカメラマン。なかなかいい感じで初登場】

美緒は急いで大原通運のHPを開いた。

トップページに「新年会を開催いたしました」という項目があり覗いてみると。

大勢の参加者が集う華やいだ雰囲気の中、社長である父と並んで極上の笑みを浮かべる華耶の姿があった。

髪をアップにし、明るめのメイクを施した笑顔はとても美しい。スラリとした長身に美緒が仕立てたワンピースがよく似合っている。

「華耶ちゃん、綺麗。よかった」

大原家なら美緒が仕立てたワンピースよりも、もっとその場にふさわしい衣装を用意できるはずだ。

当日彼女が恥ずかしい思いをするかもしれないと心配していたが、大切な場面で恥をかかせずに済んでよかったと、美緒はホッとした。

「評判がよかった……か」

大原通運の後継者として期待されている華耶との会話の糸口として、装いを褒めただけかもしれないが、自身の作品の評判が高いと聞くと、やはりうれしい。

「それにしてもかわいい」

美緒はつい口元が緩むのをこらえながら、トレイを手に立ち上がった。

華耶からのメッセージが届いてから数日、京佳と華耶が訪ねてきた。

「HPを見たら既製品しか販売してないけどフルオーダーを引き受けてもらえるのかとか、連絡がいくつもあるのよ。美緒ちゃんが忙しいって知ってるから断ろうかと思ったんだけど、一応話を聞いてからと思って。チャンスといえばチャンスだし」

ワクワクした表情で話す京佳は栗色の髪をラフなシニヨンにまとめ、すっぴんの笑顔は華耶によく似ている。

立ち仕事が多いスタイリストには体力が必要らしく、ジムで鍛えた身体にはほどよく筋肉がついていてスタイル抜群だ。

「ね、来月の注文を楽しみにしておいてって言ったでしょう？　美緒ちゃんのことだから信じないだろうって思ってたけど」

どうだと言わんばかりに華耶が笑う。

「信じてないわけじゃないけど」

リビングのローテーブルに紅茶が入ったカップを並べ、美緒は呆然と呟いた。

聞けば新年会の後、京佳のもとには華耶のワンピースについての問い合わせがいくつも入っているらしい。その多くが美緒を紹介してほしいというものだ。

「京佳さんと華耶ちゃんの手前、そう言ってるだけだと思んですけど」

京佳の知り合いなら芸能界やファッション業界がほとんどだ。そんな華やかな世界にいる人が興味を示しているとは到底思えない。

「美緒ちゃん、とことん自分に自信がないのね」

華耶は顔をしかめた。

「ほとんどの人は純粋にあのワンピースが気になって、私のことなんかそっちのけでワンピースに注目してたし」

「そ、そうなんだ」

熱心に迫る華耶の語気の強さに気おされ、美緒は口ごもる。

「チャンスだから引き受けようよ。オーダーメイドを始めたら売上げも伸びるよ」

「そう言われても現実味がないの。それに今はオーダーメイドを引き受ける余裕はないし、冷静に考えられないというか」

日曜日の今日、食事も後回しでミシンに向かっている時に突然ふたりがやって来て、ただでさえ混乱しているのだ。匠も仕事で出ていて相談することもできない。

「華耶、あなたが興奮してどうするの。美緒ちゃん困ってるよ」

京佳は苦笑し、華耶を落ち着かせた。

「そういえば今日の撮影でもあのワンピースはどこのブランドなのか聞かれたのよね。モデルたちの間でも話題みたいよ」

美緒はさらに混乱する。自分の関知しない場所で話が膨らみ、不安すら感じている。

「華耶の写真を私のSNSにアップしたのよ。それを見たモデルの知り合いたちから連絡があるんだけど、あのワンピースが気になるってそればかり」

京佳はそこで言葉を区切ると、美緒をジッと見つめた。

「華耶が言うように、ここはチャンスだと思って反響に応えるのはアリだと思うわよ。オーダーメイドを始めるいいタイミングだと思う」

「それはそうかもしれませんが」

京佳の言葉に納得しつつも、やはりまだ現実とは思えない。

いつか自分のブランドを持つという夢を叶える足がかりになるかもしれないと思う反面、自信がないのも確かだ。

本業が忙しい中、完成までの工程が格段に増えるオーダーメイドとの両立ができるのかどうか、不安が大きい。

「匠君も喜ぶと思うけどな」

「匠さん？」

不意に華耶の口から飛び出した名前に、美緒は視線を上げた。

「匠君、美緒ちゃんが洋服作りを頑張ってるのが自慢なのよ」

「自慢なんてうれしいけど、初めて聞いた」

なんとも言えない思いに美緒は頬を熱くする。

「それにね」

　華耶はクスリと笑う。

「美緒ちゃんが中学生の時に作った王子の衣装を今も大切に残してるって自慢して、自分の方が付き合いは長いんだってマウントを取ってくるし。子どもだよね」

「あの衣装、今もあるの？」

「うん。美緒ちゃんが寝る間を惜しんで作ってくれたから、大切にしてるんだって」

「ほんと？」

　あの衣装は匠の体型に合わせ、それこそオーダーメイドで仕立てたので使い回すのは難しいだろうと言って、匠が引き取ってくれたのだ。

　まさか今も残してくれているとは思わず、美緒は胸がいっぱいになる。

「美緒ちゃんの服がたくさんの人に認められたら、匠君喜ぶよ。美緒ちゃんが夢を叶える後押しがしたいって前に言って照れてたもん」

　華耶の熱心な言葉に、京佳も深く頷いている。

「そう……かな」

　美緒は匠が喜ぶ顔を想像しながら、心が大きく揺れるのを感じた。

　一歩踏み出すことに不安しかなかった気持ちが、じわじわとその色を変えていく。

ここで動かなければなにも変わらないはずだ。だとすれば、ふたりが言うようにチャレンジするべきかもしれない。

匠の隣に並ぶにふさわしい自分になれるだろうか。

そして、契約妻として大切にされるのではなく、本当の妻として愛してもらえるだろうか。

気付けば心の中で、何度もそう繰り返している。

「深刻に考えなくていいと思うよ。美緒ちゃんは匠君の気持ちを信じて自分に自信を持たなきゃ」

美緒は力なく笑みを返す。

華耶がそう思うのはきっと、美緒との結婚を心から望んでいるかのように振る舞っているからだ。

だとしても、努力次第でそれを現実にすることができるかもしれない。

美緒は華耶の言葉を再び思い出した。

〝好きになってもらえるように頑張ってるの〟

ここが頑張りどきなのだろうか。

「京佳さん、あの……」

美緒は胸に残る不安を押しやり、椅子の上で背を伸ばした。

「もう少し詳しく話を聞かせてもらえませんか？」

決意が滲む美緒の言葉に、華耶と京佳は顔を見合わせハイタッチした。


それからすぐに、美緒は一件のオーダーメイドの依頼を引き受けた。

ありがたいことに、京佳は美緒に代わって注文内容の確認や採寸の日程調整、そして金額交渉までも引き受けてくれた。

それだけでなく、美緒が製作に集中できるようにと、当面の間は従来からの注文も含め、事務作業をまとめて面倒を見てくれるという。

『これを機会にアシスタントを雇うことを考えてみない？　よければ私が探すわよ』

なにからなにまで美緒のためにとアドバイスをくれる京佳のおかげで、初めて引き受けたオーダーメイドも無事に納品の日を迎えた。

完成したワンピースは依頼者の要望を取り入れた結果、華耶のワンピースよりも大人っぽく、艶やかなものに仕上がった。

深紅のベルベットでノースリーブのくるぶし丈。華耶にはウエスト部分にリボンベルトを用意したが、今回は華奢なゴールドのチェーンベルト。

上品且つリッチな趣が印象的で、ティーンには着こなせない色気も出している。それもそのはずで、依頼者はクールビューティーという言葉がぴったりの三十歳の人気モデル、池内真乃だ。

京佳から彼女が美緒の洋服に興味があると聞いた時、美緒は言葉を失うほど驚いた。彼女は世界的ファッション雑誌の専属でありCM契約数は十社以上。海外のコレクションではハイブランドのデザイナーから指名がかかる一流のモデルだ。

恐れ多くて引き受けられないと、一度は断ったのだが。

京佳は長く彼女の衣装やヘアメイクを担当していて気心も知れているらしく、オーダーメイドを始めるには最適な相手だと勧められて思い切って引き受けた。

匠の同級生だということに親近感を覚えたのもその理由のひとつだった。

結果的にこの判断は大正解だった。

真乃は見た目の印象と違って温和な性格で、緊張する美緒とも人好きのする笑顔で接し、自ら距離を詰めてくれた。

「わざわざ来てもらってごめんなさいね。この後仕事で日本を離れるから、今しか時間が取れなくて」

真乃は申し訳なさそうに頭を下げる。

平日の今日、美緒はもちろん出勤だったが、終業後真乃の事務所にワンピースを届けに来たのだ。

練習スタジオだという広い部屋は一面が鏡貼りで、深紅の強さに負けない真乃の美しすぎる姿を映している。

「私の方こそ出発前に時間をつくってもらってすみません。でも実際に身につけていただいた姿を見られてよかったです。池内さんのイメージだと青か緑だと考えたんですけど、京佳さんのアイデアで決めた深紅がぴったりです」

「私も明るい色を仕事以外で着ることはあまりないから、すごく新鮮。こちらこそ、ありがとう」

「いえ、そんな。喜んでいただけてうれしいです」

メッセージや手紙で顧客から感謝の気持ちを伝えられる機会はあるが、直接顔を合わせて礼を言われるのは初めてだ。

会社の仕事も忙しく無理を重ねたが、そのすべてが吹き飛ぶようだ。

オーダーメイドを勧められた時には予想しなかった満足感が、胸に広がっていく。

「京佳さんから注文がかなり多いって聞いてるけど、またお願いしてもいい？」

真乃の期待に満ちた眼差しに、美緒は即座に頷いた。

「もちろんです」

力強い声で答えた時にはすでに、美緒の頭の中には真乃に似合いそうないくつものデザインが浮かんでいた。

その後京佳と相談し、三カ月ごとに一件だけオーダーメイドの注文を受けることになった。

ネットでの既製品の販売も継続するので今まで以上に忙しくなるが、真乃の依頼に応えられたことでわずかながらも自信が生まれ、前向きに頑張ろうと思えたのだ。

おまけに京佳が美緒の作業をサポートする人材を探してくれ、不安はかなり小さくなった。

本来は美緒自身が人手を集めるべきだが、オーダーメイドを勧めた責任があるからと、京佳が環境を整えてくれたのだ。

京佳は仕事柄アパレルメーカーとの付き合いがあり、以前そこで働いていた女性に声をかけた。

今野貴和子《こんのきわこ》という四十三歳の彼女は、デザイナーの専門学校を卒業していて知識も豊富。美緒には学ぶべきことも多い頼りになる女性だ。

おかげで美緒は洋服作りに集中できるようになった。

それだけでも京佳には感謝しているのだが、一年間はその費用を京佳が負担してくれることになり、さらに彼女には頭が上がらない。

美緒はそこまでしてもらうのはおかしいと言って断ったのだが、京佳は新しいチャレンジを始めるご祝儀だからと言い張り、美緒の遠慮を一蹴した。

『いつか美緒ちゃんが人気デザイナーになった時に、私が美緒ちゃんの才能を見出したって自慢できると思えば安いものよ。今回の費用は美緒ちゃんへの先行投資。遠慮する時間があるならいい仕事をした方が建設的よ』

京佳から力強いエールを受けて、美緒は彼女からの申し出に甘えさせてもらうことにした。

「依頼の確認とか経理処理。スケジュール調整も任せていいので、ありがたいです」

美緒はそう言って、隣を歩く匠を見上げた。

土曜日の繁華街は人通りも多く、自然と寄り添い歩いている。

今日は日高家御用達の百貨店に出向き、婚約指輪を選ぶ予定だ。

昨夜匠からその話を聞かされた時、美緒は理由があっての結婚なので必要ないと遠慮したが、匠は取り合わなかった。

本音を言えばもちろんうれしい。

匠には契約結婚を順調に進めるためのアイテムのひとつかもしれないが、美緒にとっては愛する人からのとっておきの贈り物だ。

複雑な思いは脇に置いて、受け取ろうと決めた。

「京佳さん、相変わらず仕事が早いな」

「そうなんです。あっという間です」

苦笑しつつ、美緒は匠の横顔を見つめた。

このところ忙しそうで、少し痩せたようだ。

バイオマス発電事業の本格的な稼働を控えて残業が増え、休日出勤も多い。北海道《ほっかいどう》をはじめ全国にいくつかある発電施設に赴く機会が多くなっただけでなく、山あいでの地熱発電や海洋での風力発電の実施に向けて複数の企業との合同研究が始まり、息つく間もないほど忙しいようだ。

土曜日で休日の今日も直前まで会社で仕事をしていたらしく、いつもなら美緒よりも先に待ち合わせ場所にいることが多いが、今日は待ち合わせぎりぎりに来た。

いつか身体を壊さないかと心配だが、匠の仕事に口を挟める立場ではない。妻とはいえ、契約結婚という前提が邪魔をして深く踏み込めずにいる。

「それにしてもいつの間にそんな話になっていたんだ？　新しいことを始めるのはいいと思うけど、いきなり聞かされて驚いたよ」

心なしか浮かない声で、匠は呟いた。

「ごめんなさい。匠さんが出張続きだったので、落ち着いてから話そうと思っていて」

真乃からの依頼を引き受けた時に匠に伝えようとしたが、仕事の邪魔をするのが申し訳なくて、控えたのだ。

「オーダーメイドを始めるなんて、今もまだ信じられなくて」

依頼者は有名モデルの池内真乃だ。美緒が仕立てた服を着た彼女の写真がＳＮＳで公開された今でさえ、現実だとは思えない。夢の中にいるようだ。

それに今回の真乃の依頼は完全なプライベート。たとえ相手が真乃の知り合いの匠でも、安易に口にできなかった。

「なんで謝るんだ？　驚いたけど、美緒が楽しんで笑っているのを見ると、俺も幸せなんだ。前にも言っただろ？」

匠は美緒の手を取りギュッと握りしめた。

「ただ美緒の幸せを俺にも共有させてほしい」

「は、はい」

あまりにもストレートな言葉がこそばゆい。

美緒はおずおずと手を握り返し、視線を泳がせた。

「……きゃっ」

よそ見をしていたせいで足もとの段差につまづいてしまった。前のめりに倒れ、地面が目の前に迫った時。

「美緒っ」

とっさに伸びた匠の手が美緒の身体を抱き留めた。

「大丈夫か？」

「は、はい。ありがとうございます」

いい加減、匠のことで右往左往しないようにしなければ。

そう思いつつも、幸せを共有したいと言われて平然としていられるわけがない。今もその言葉が頭の中をリフレインしている。

「これ、美緒のだよな」

匠はなにかを拾い上げ、美緒に差し出して見せた。それは見覚えのあるパールのイヤリング。美緒は慌てて耳元に手を当てた。

「あっ」

そこにあるはずのイヤリングが片方ない。

「やっぱり。俺がつけるよ」

匠は苦笑し、美緒の耳に手を伸ばした。

「……お願いします」

匠が拾ったイヤリングは、美緒の就職が決まった時に悠真と千咲がプレゼントしてくれた思い出の品だ。真珠で有名な宝飾店で選んだ高価なイヤリング。

この後百貨店の外商に行くので久しぶりに身につけてきた。

おまけに普段履き慣れていないハイヒールだ。そのせいでつまづいた上にイヤリングを落としてしまうとは、つくづく情けない。

「これでいいか？　イヤリングなんて初めてで、よくわからないな」

耳元を確認すると、イヤリングが定位置に戻っている。

「ありがとうございました。これ、大切な物なのでなくしたら泣いてました」

「綺麗な真珠だな。美緒によく似合ってる」

匠は興味津々とばかりに指先でイヤリングに触れた。そのたび耳たぶにも鈍い刺激が走ってくすぐったい。

「もう転ぶなよ」

匠はそう言いながら、美緒の耳たぶを軽く引っ張った。

「はい。気をつけます」

美緒は照れくささに顔を赤らめながら、耳元にある匠の手に自分の手を重ねた。


匠が美緒を連れて来たのは、日高家御用達だという老舗百貨店。

美緒もこれまで何度も訪れたことがあるので気負うことなく来たが、匠がインフォメーションで待ち構えていた男性から丁寧な挨拶を受けているうちに、居心地の悪さを感じ始めた。

「ご結婚おめでとうございます。社長からもお電話がありまして、よろしく頼むとお言葉をいただいております。私どもにお手伝いできることがあれば、なんなりとお申しつけ下さい」

男性は『柳瀬《やなせ》』という五十代前半くらいだろうか、黒いスーツがよく似合う落ち着いた物腰の男性だ。

挨拶を交わし手渡された名刺には《外商部部長》とある。

顧客の中でも高額商品を購入する上客を担当する部門だ。

匠とは長い付き合いなのか、親しげに話している。

百貨店にとっては大切な顧客なのだろう。日高製紙の後継者ともなれば、それは当然かもしれない。

さっき感じた居心地の悪さはこのせいだ。

ここに来るまで感じていた幸せな感覚が姿を消し、あっという間に匠が遠い存在のように思えた。

「ご案内します」

美緒は柳瀬の後に続きながら、未知の世界に連れて来られたような気がしていた。

外商部奥の個室のソファに腰を下ろすと、柳瀬はガラステーブルの上にリングケースをズラリと並べた。

パカリと開いたケースが十個以上。眩しいほどの輝きを放つ指輪が鎮座している。

「綺麗……」

美緒は初めて知る美しさに思わず息をのんだ。

「匠様から質のいいダイヤモンドをとお聞きしましたので、宝飾担当と相談してこちらをご用意しました。数日お時間をいただければこれ以外にもご用意できますのでおっしゃって下さいませ」

柳瀬はテーブル横に膝をつき、見やすいようにとケースの角度を調整する。

「急なお願いだったのに、ありがとうございます」

匠はそう言って頭を下げるものの、なぜかすぐに苦笑いを浮かべた。

「柳瀬さんならご存じだと思いますけど、両親と同じで僕も宝飾関係に興味がないんです。だから正直どれを選んでいいのかまったくで。柳瀬さんにアドバイスをいただきながら、彼女と一緒に選ぶつもりなんですけど、いいですか？」

「もちろんです。まずは白川様のご希望をお聞きしてもよろしいですか？」

「私は……よくわからないので希望はとくにないんです」

唐突に話を向けられ、美緒は恐縮し答えた。

「匠さんに選んでもらおうと思っていたんです」

「だったら一緒に選ぼう。それと、本当なら婚約と同時に指輪を贈るべきなのに、入籍を済ませた後になってごめん」

「そんなっ。全然気にしてません」

指輪を用意してもらえるだけでも夢のようなのに、気を使わせてしまって逆に申し訳ない。

「実は気になってたから、そう言ってもらえて安心した。じゃあ、ふたりで選ぼうか。

柳瀬さんに相談しながら美緒がピンとくる指輪を見つければいいよ」

匠の声に促され、美緒は目の前に並ぶダイヤに視線を向けた。

ダイヤの指輪とひとくくりに考えていたが、どれもデザインだけでなく石の大きさや数、それに輝きも、すべてが違っている。

「キラキラしていますね」

宝石が醸し出す高貴な佇まいに触れ、美緒は息を詰め一心に見つめた。

「お気に召したものはございましたか?」

柳瀬の声に、美緒は首を横に振る。

「どれも素敵で、選べそうにありません」

デザインや大きさの違いはあれど、ここに並ぶダイヤはどれも美しく選べない。

「これって美緒に似合いそうだけどな」

匠はひとつの指輪を指差した。

深紅のベルベットのケースの中で、三粒のダイヤが輝いている。

「そちらはセンターダイヤと呼ばれる大粒のダイヤの両脇にメレダイヤと呼ばれるダイヤが寄り添うデザインです。ダイヤのランクは最上級で、婚約指輪としては申し分のないお品です」

「センター……メレダイヤ」

大粒のダイヤに寄り添うひと回り小さなダイヤ。愛らしく可憐なデザインで、品のいい輝きが目に眩しい。

「柳瀬さん、彼女の指に嵌《は》めてみてもいいですか？」

匠の声に、美緒はハッと顔を上げた。

「承知いたしました」

「え？　あ、あの……いいんですか？」

美緒の表情が、パッと華やいだ。

「もちろんです。拝見する限り、サイズは白川様の薬指にぴったりだと思いますよ」

柳瀬はテーブルの脇に膝をつくと、白手袋を嵌めた手でケースを手に取り匠の前に差し出した。

「白川様のお手に、どうぞ」

「え、僕が、ですか？」

「はい。せっかくですから旦那様から奥様に嵌めて差しあげて下さい」

「ありがとうございます」

匠はケースから慎重に指輪を取り出した。

「綺麗だな」

「眩しいくらいですね……」

窓から差し込む光を浴びてキラキラ輝いている。

「美緒、手を出してくれないか」

「あ、はい」

美緒はおずおずと匠の前に左手を差し出した。生まれて初めてのことに、緊張と期待で胸がいっぱいだ。

匠も緊張しているのか固い表情で美緒の薬指にゆっくりと指輪を通していく。

こんな幸せな日が来るとは思わなかった。

一生結婚することなく匠への想いを秘めたまま生きていくのかも知れないと覚悟していたのに。

こうして匠と指輪を選び、匠が指輪を嵌めてくれている。

幸せすぎて怖いくらいだ。

「……素敵」

美緒は左手を目の前にかざし、ダイヤの美しさにほおっとため息を吐き出した。

角度によって色合いや光の数が変わり、いつまでも見ていられる。

「気に入ったようだな」

美緒と並んで指輪を見つめ、匠が問いかける。

その声は確信に満ちていて、匠もこの指輪を気に入っているようだ。

「はい、とても。あの……似合ってますか？」

不安げな美緒に、匠は大きな笑顔を向けた。

「美緒のために用意された指輪みたいだな」

「それは言いすぎです。でも、すごくしっくりきます」

サイズもぴったりで、お直しの必要もなさそうだ。

「でしたらこちらになさいますか？」

傍らに控えていた柳瀬がにこやかに声をかける。

美緒は匠と顔を合わせ、大きく頷いた。

匠はそれに答えるように笑みを浮かべると。

「こちらをお願いします。妻にぴったりの素敵な品を用意していただいてありがとうございました」

柳瀬に向かって軽く頭を下げた。

「妻……」

その言葉に美緒は胸がいっぱいになる。

愛し合っての結婚ではないのに、美緒のために気持ちを向けてくれる匠が愛おしくてたまらない。

結婚してそばにいられるだけでいいとは、今はもう思えない。

今すぐ匠から愛されたい。

美緒は心からそう願った。

愛する人の大切な世界

今まで宝飾品に興味はなかったが、匠と選んだ婚約指輪、そして続けて選んだ結婚指輪はやはり例外で、特別だ。

受け取り予定日まで一カ月。その日が待ち遠しくてたまらない。

「綺麗だったな……」

美緒はキラキラ光るダイヤを頭に浮かべながら、知らず知らず笑みを浮かべた。

「それより、まずはこれを仕上げなきゃ」

美緒はぼんやりしていた頭を横に振り、気持ちを切り替えた。

午後の会議で使う資料の手直しを、一刻も早く終えなければならないのだ。

「佐山君、こっちはあと十分くらいで終わるけど、他になにかある？」

美緒は画面に目を向けたまま、佐山に声をかけた。

「助かります。あとは先方の会社概要とこっちの資料にずれがないか見るだけなので、それをお願いしていいですか？」

佐山もキーボードを叩く手を止めず、美緒に答える。

普段の飄々《ひょうひょう》とした様子から一変、よほど焦っているようだ。

それもそのはずで、佐山は現場案内を引き受けてくれる企業を見つけたらしく、急遽それを会議の議題に追加したのだ。

佐山の話では、以前から箕輪デリサービスが社食を運営している超大企業で、本社ビルで働く社員は一千人いるらしい。

あまりにも規模が大きく他社には参考にならない部分も多いのでこれまで依頼を控えていたが、関係を深めていた佐山の営業力もあり、引き受けてもらえたそうだ。

「隠し球……」

あの日カメイ製作所との契約解除の件で営業部内には鬱々とした空気が満ちていたが、佐山だけはケロリとしていた。

現場案内を依頼する企業に心当たりがあり隠し球と言っていたが、このことだったようだ。

「ネームバリュー抜群でインパクトのある会社なんです。前の担当ははなから諦めていたみたいですけど、俺がお願いしたら意外にあっさりOKもらえましたよ」

佐山はキーボードを打つ手を止め、タブレットを手に取った。

「もともと風通し抜群の会社だと思ってましたけど、雰囲気もいいしさすが業界トップ。転職するならこういう会社ですよ」

転職とは穏やかじゃないなと、美緒は苦笑する。

「そういえば会社の名前とか聞いてなかったよね」

会議の時間が迫っていて資料作りに追われ、詳細を聞けずにいた。

「よほど素敵な会社みたいだけど」

「素敵、というより無敵ですね。本当は会議まで内緒にしてびっくりさせようと思ってたんですけど、これがＨＰです」

美緒は椅子ごと佐山に近づき、佐山が差し出したタブレットを受け取った。

「え……この会社って」

美緒はタブレットをまじまじと見つめた。

今朝も閲覧した見覚えがある画面に、声が出てこない。

「驚きました？　ですよね。カメイ製作所よりも規模が大きいし、本社ビルはオフィス街のど真ん中。隠し球にふさわしい企業なんです」

「うん、そ、そうだね」

佐山の誇らしげな声に、美緒は気もそぞろに頷いた。

「あの規模の社食を問題なく長期間運営しているうちの能力へのリスペクト。これが案内を引き受けてくれた一番の理由だそうです。俺の手柄というより、今までつつがなく業務を継続してくれている、調理部や管理栄養士さんのおかげですね」

「確かに。頭が下がるよね」

それにしても、と美緒は息を吐き出した。

佐山から手渡されたタブレットに表示されているのは、日高製紙のＨＰ。

まさか隠し球が日高製紙だとは、驚きだ。

箕輪デリサービスが日高製紙の社食を長く運営しているのは知っていたが、他にも何百という企業と取引があるので意識したことはなかった。

「部長から話があると思いますけど、今度日高製紙に同行して下さいね」

「わかってる。そのつもりだよ」

営業事務の美緒が外回りに出る機会は少ないが、今回のような大きな案件では大抵の場合、担当営業にサポートが同行する。

同じチームの先輩である自分が部長から指名されるだろうと、美緒は見越していた。

「とにかく日高製紙の件は早急に軌道に乗せたいんで、よろしくお願いしますね」

「うん。頑張ろうね」

意気込む佐山の熱意に押され頷いたものの、続けざまに知らされた事実に圧倒されて、理解が追いつかない。

「こっちはアップしたんですけど、そっちどうです？」

「あ、私も今アップする」

つい考え込みそうになる気持ちを慌てて切り替え、最後の作業を終えた。

美緒は手元のタンブラーを手に取りコーヒーを口にしながら、スマホの画面に日高製紙のＨＰを表示させた。

一日に一度は必ず閲覧する馴染みのページだが、今はなぜか違って見えた。


その日帰宅した美緒は、パソコンで今月分の注文リストを確認した。

今月のみの限定販売商品である子ども用のフォーマル服五着は完売していた。

卒業式や入学式シーズンを控え、時期的にタイムリーだったのだろう。

美緒はサイズや注文者からのコメントを確認し、メール画面を開いた。

今野が手伝ってくれるようになってから、美緒の負担は格段に軽くなった。

これまで必要な材料は自分で専門店に買いに行ったりネットで注文したりして調達していたが、今は今野が引き受けてくれている。

前職の知識を生かして必要な材料をすべてリストアップし、注文数に応じて手配してくれるのだ。

今回子ども用のフォーマル服を販売するのも、ふたりの子どもを育てている今野の提案があったからだ。

美緒には思いつかなかったアイデアは新鮮で、これまで以上に服作りにやりがいを感じられるようになった。

美緒は今野に今回の注文リストのデータを送り、ひと息吐く。

一週間以内には必要な材料が手元に届くはずで、それまでに二カ月後の販売商品のサンプルを作る予定だ。

自分ひとりで自分好みの服を作り販売するのも楽しかったが、こうして自分以外の意見を取り入れながら作業を進めるのは、予想以上にワクワクする。

その時来客を告げるインターフォンの音が響いた。

モニターを見ると、京佳が立っている。

「京佳さん？　あの、どうかしましたか？」

京佳が連絡もなくやって来るのは珍しい。

《美緒ちゃん？　突然ごめんね。話があるからちょっといい？》

モニター越しに聞こえる京佳の声はひどく興奮している。

「わかりました」

美緒はオートロックを解除し、玄関に向かった。


「ごめんね、こんな時間に急に来て」

リビングのラグに腰を下ろし、京佳は申し訳なさそうに頭を下げる。

「あのね、今日はお願いがあってここに来たの」

「お願い？」

「そうなの。絶対に引き受けてほしくて口説きに来たっていうのが正しいかも」

京佳はタブレットを美緒の前に差し出した。

「え、なんですか？」

「とりあえずこれを見てくれない？」

京佳はタブレットをさらに美緒に近づけた。

「池内さんですね」

タブレットの画面には、真乃が出演している化粧品のＣＭ映像が流れている。

白いノースリーブのワンピースで幻想的な海辺に立つ真乃の姿はとても凛々しく力強い。公開されるや否や話題となり、化粧品は売り切れる店が続出するほどの売上げを記録したと聞いている。

「やっぱり綺麗ですね。でも実物の池内さんの方が魅力的かも。優しくて話しやすい方だったし……あの、池内さんがどうかしたんですか？」

いきなり真乃の映像を見せられた理由がわからない。

「あのね……えっと。美緒ちゃんがかなり忙しいのはわかってるんだけど」

京佳は勢いよくテーブル越しに身を乗り出した。

「これもそうだけど、真乃ちゃんが出てるＣＭってほぼ私が衣装を担当していてね」

「はい」

それは有名な話で、美緒ももちろん知っている。

「最近決まった真乃ちゃんの新しいＣＭも私が担当することになったんだけど、衣装を美緒ちゃんにお願いしたいの」

「えっ、私、ですか？」

「忙しいかもしれないけど、是非ともお願い」

「でも、どうして私が？」

「この間のワンピースが気に入ったみたいで、真乃ちゃん自ら広告代理店に美緒ちゃんの名前を出したのよ」

「嘘……」

　夢としか思えない話に驚き、美緒は両手で口を押さえた。

「嘘でも冗談でもないわよ。真乃ちゃんのSNSで美緒ちゃんのワンピースが話題になってるって知ってる？」

　美緒はぶんぶんと首を横に振る。

　忙しいのもあって真乃の写真を確認した後は、とくに気にしていなかった。

「話題になってることは代理店も知っていて乗り気だし、クライアントはそこまでうるさくなくて任せるって話になってるの。お願い、引き受けて」

「そう言われても……」

　次第にヒートアップする京佳の勢いに、美緒はたじろいだ。

　自分の作品が話題になっていることすら初めて知り、その上CMの衣装製作とは。

　あまりにも突然すぎて、考えがまとまりそうにない。

「ごめんね。びっくりしたよね。ついさっき話を聞いて、うれしくて興奮しちゃって。そのままタクシーを捕まえてここに押しかけちゃった」

　美緒の戸惑いを察したのか、京佳が申し訳なさそうに肩を竦める。

「でもね、これってチャンスだと思うの」

京佳の言葉に再び熱がこもる。

「この先自分のブランドを立ち上げたいなら、無理をしてでもチャンスを掴むべき。今が踏ん張り時ってこと。私も真乃ちゃんもそうやって今のポジションを手に入れてきたのよ」

「それはわかりますけど今の状況でこなせるだけの余力があるとは思えないんです。もちろん依頼をいただけたことはうれしいし、チャレンジしたい気持ちはあるんですけど、難しいと思います」

「匠君との結婚が知れ渡る前に、動いた方がいいと思うの」

思い悩む美緒に、京佳は静かに口を開いた。

「美緒ちゃんは日高製紙の次期社長夫人。その立場なら自分のブランドを立ち上げて高級店が建ち並ぶ大通りに店舗を構えることなんて簡単。たとえ美緒ちゃんに実力がなくても一定数のお客様がつくのも予想できるし」

「そんなこと、考えてません」

美緒は強く否定する。次期社長夫人という立場を意識したことも、利用することも考えたことはない。

「うん、美緒ちゃんが自分の力で夢を叶えるつもりだってこと、私は知ってる。でも、世間はそうじゃない。美緒ちゃんの立場しか見ないから、日高製紙の力を利用してるって思われる。どれだけいい仕事をしても、完全に払拭することはできないのよ」

「それは……」

信じたくはないが、京佳の言葉はその通りだ。

「私はそれが面倒だから結婚前に自分の会社を立ち上げたのよ。なんせ父は国内最大手の商社の社長で母は日高製紙の社長令嬢。婚約者は大原通運の次期社長だもん、私自身がどれだけ頑張っても、単なる道楽だって思われるのは予想できたからね」

当時を思い出したのか、京佳は悔しげに呟いた。

「美緒ちゃんにはそんな面倒な思いはしてほしくないの。きっと匠君も同じ気持ちだと思うわよ」

「そうでしょうか」

「きっとそうよ。美緒ちゃんに夢を叶えてほしいって誰より思ってるのは匠君でしょう？　自分の立場が美緒ちゃんの足かせになることも、理解していると思う。だから結婚式を挙げる前に一定の結果を出して夢に近づくのは匠君も賛成すると思うし、肩の荷が多少下りるんじゃないかな」

「そんなこと、考えたことなかったです。匠さんからなにも聞いてないし……」

匠の立場が足かせになるとは今もまだ納得できない。

とはいえ、匠と境遇が似ている京佳の言葉は重い。このまま受け流すわけにはいかないだろう。

「美緒ちゃんにベタ惚れの匠君が、わざわざ美緒ちゃんを悩ませるようなことを言うわけないわよ。とにかく今回の話、引き受けた方がいい。チャレンジするのみよ」

京佳は高らかに声をあげた。この力強さと朗らかさが京佳の魅力だ。

できそうにないことも、できると思わせる力がある。

「残念ながらCMの企業名はまだ言えないし、依頼についても口外厳禁。スケジュールもタイトだけど、引き受けてもらえるわよね。私もフォローするから力を合わせて頑張ろう」

力を合わせて。

美緒にとってその言葉は魔法のようなもの。

今野のおかげでなにもかもを自分ひとりで抱える必要はないのだと、実感している。

「わかりました。よろしくお願いします」

これが夢に近づく一歩になるように。

そして、匠の気持ちが少しでもラクになるように。

美緒は背筋を伸ばし、すっきりとした表情で京佳を見つめた。

それからの日々は覚悟していた以上に忙しく、匠とゆっくり話をする時間さえ取れずにいる。

会社での仕事の傍ら通常のネット販売の商品を製作し、同時に真乃のＣＭの衣装を手掛けるという忙しさ。

匠も相変わらず出張続きで忙しく、今日もこれから長野に向かうらしい。

「記者発表が決まったんだ。他の企業との合同事業で俺は一番の下っ端。会見でマイクを持つ機会はないと思うけど、うちのＨＰにアップされると思う」

「楽しみです。ＨＰなら毎日チェックしてますから、見逃しませんよ」

フレンチトーストをテーブルに並べながら、美緒は明るく答えた。

「美味しそうだな」

匠はバターとシロップがたっぷりのフレンチトーストを前に、舌鼓を打つ。

意外に甘い物が得意な匠はフレンチトーストやパンケーキが大好きで、出張に向かう前にはいってらっしゃいの意味を込めて用意することが多い。

とくに最近は出張の機会が増えて疲労が蓄積しているのがわかる。

「週末も仕事になりそうなんだ。あと一カ月もすれば落ち着くと思うけど、ごめん」

「私のことなら気にしないで下さい。それより体調はどうですか？　疲れてますよね」

美緒もテーブルに着いて、ナイフとフォークを手に取った。

「疲れてないといえば嘘だが、今が俺の踏ん張り時。無理をしてでもやる覚悟がないと、結果は出せないからな」

「無理をしてでも……」

京佳も同じような言葉を口にしていた。

美緒にとって今が夢を叶えるための踏ん張り時だと、そう言っていた。

体調のことは気になるが、匠にとっては今がその時なのだろう。

「美緒はどうなんだ？　京佳さんが色々サポートしてるみたいだけど、無茶を言われたら遠慮なく断った方がいい。彼女が強引なのは、親戚の間でも有名だから」

「大丈夫ですっ。私も納得して引き受けたお仕事なので、楽しもうと思ってます」

「え？　なにか新しい仕事でも引き受けた？」

「あ……」

美緒は視線を泳がせ黙り込んだ。

真乃のＣＭ衣装を手掛けることは、匠に知らせていない。というより知らせてはいけないのだ。

今回のＣＭは公開まで極秘に進められるらしく、情報管理はかなり厳しい。最低限の関係者にしか知らされていないだけでなく、美緒にもＣＭの企業名や商品名ですら知らされていない。

依頼を正式に受けた際に、衣装のイメージが記された企画書を受け取っただけ。おまけに前回全身の採寸を終えているので、真乃自身と顔を合わせる必要もない。京佳から定期的に入る進捗状況の確認がなければ、どっきりかもしれないと疑ってしまいそうだ。

「実は、京佳さんを通じて引き受けた案件があるんです」

心配し答えを待つ匠に、美緒は慎重に切り出した。

「それに集中するために、今はオーダーメイドも中止しているんです。もともと京佳さんが窓口になって注文を受けて下さっているんですけど、全部お断りしてくれて」

真乃の衣装に集中するために、京佳が配慮してくれたのだ。

「そこまでしてやりたい仕事ってどういう仕事なんだ?」

「それは、あの……。事情があって今は言えません。でも時期がきたら改めて報告しますね。ただ素敵なお仕事なので安心して下さい」

契約書にサインをしたからというだけでなく、匠には結果を出してから報告したい。だから心配をかけて心苦しいが、今は話せない。

「ごめんなさい」

それに依頼をやり遂げることができれば夢に近づけるだけでなく、匠の隣に並んでも恥ずかしくない自分に変われそうな気がしている。

「……わかった」

束の間続いた沈黙の後、匠の声が届く。微かに聞こえたため息が、切ない。

「美緒がやりたい仕事なら、頑張れ。ただ、なにかあれば俺が力になるから、それだけは忘れないでくれ」

「ありがとうございます。いい結果を出して、少しでも匠さんにふさわしい女性になれるように頑張ります。そのために引き受けたようなものなので……あ、ごめんなさい。それは、その」

つい本音を口にしてしまい、美緒は慌ててコーヒーを口にする。

こんな話、匠に言うべきではなかった。

自分は匠にとって仕事に集中するための契約妻でしかない。

一方的な愛情を知られるわけにも、押しつけるわけにもいかないのだ。

身体を重ねて以来今まで以上の優しさを向けられて、無意識にいい気になっていたのかもしれない。

勘違いもいいところだ。

「今のは忘れて下さい。私はただ、匠さんみたいに優しくて懐が大きな女性になりたいというか、迷惑をかけたくないし、匠さんが仕事に集中できるように支えられたらいいなと思っていて。あと、自信を持って隣に並びたいだけなんです。……あっ」

美緒は慌てて口に手を当てた。

またやってしまった。これでは確実に匠を困らせてしまう。

静まり返った部屋の中、美緒は肩を落とすようなだれた。

「俺が喜ぶようなことばっかり言われると、困るな」

しばらくして聞こえてきた声に、美緒は素早く顔を上げた。

「ごめんなさい。あの、私、困らせてしまって」

「それは違う。あんなうれしいことを言われたら美緒を……いや、それは俺の問題だ。悪い」

匠のため息が聞こえてくる。

「しばらく会えないってわかっていて、俺を喜ばせるんだよな」

「そんなつもりはないんですけど。ただ、忙しい匠さんのことが心配で」

「まだだよ」

匠は苦笑する。

「俺もいい加減、美緒のそういうところにも慣れなきゃな」

「あの……？」

あまりにも言葉がかみあわず、不安になる。

「悪い。とりあえずこれだけは食べたい」

新幹線の時刻が迫っていると言って、匠はフレンチトーストをあっという間に平らげた。

「ゆっくり時間を取れなくて悪い。仕事を楽しむのはいいが、頑張りすぎて身体を壊すなよ。じゃあ、行ってくる」

スーツに着替えビジネスバッグとコートを手にした匠は、美緒に口づけた。

「……ん」

広い玄関に響くリップ音にはまだ慣れず、美緒はそっと匠から視線を逸らした。

「そろそろ慣れてもいい頃だと思うけど？　まあ、そういう美緒もかわいいが」

匠はからかい交じりの声でそう言うと、美緒の頬を手の甲で優しくなでた。

「ベッドの中で積極的な美緒も、捨てがたいけどな」

「な、なにを言って」

昨夜の自分を思い出し、恥ずかしさで声が裏返る。

「俺はどんな美緒も魅力的だって言いたいだけだよ」

肩を揺らして笑う匠を、美緒はじとりと睨む。

「その顔も、いいな」

匠は蕩《とろ》けるような笑顔で囁くと、再び顔を近づけ口づけた。

さっきよりも深く押しつけるようなキス。自然と唇が開き互いの舌を絡ませ合う。

熱い舌先が美緒の口内を我が物顔で動き回っている。

慣れない動きでそれに応えていると、匠への愛情が身体中に広がって幸せな気持ちになる。

すると二度目のリップ音が響き、匠は名残惜しそうに美緒の身体を引き離した。

「……行ってくる」

微かに荒い息づかいの中、匠は美緒の額に軽く口づけ足早に出て行った。

コンシェルジュが手配したタクシーで新幹線の乗車駅まで向かうと言っていたが、かなり待たせてしまったかもしれない。

「キスなんてするから」

美緒はまだ熱が残る唇に手を当て、頬を赤らめた。

「それにしても」

結局匠はなにを言おうとしていたのだろう。

『美緒のそういうとこ、早く慣れたいよ』

少なくとも怒っているわけではなさそうだったが、まるでピンとこない。

もしもふたりが愛情で結ばれた本当の夫婦なら、言葉ひとつでお互いを理解し察することができたのだろうか。

それから数日、美緒はＣＭで真乃が着用する衣装を早々に完成させた。

途中真乃から届いた「期待しています」というメッセージに歓喜しつつ、今までにない充実した時間を過ごすことができた。

依頼された時には悩んだが、思い切って引き受けてよかった。

匠に報告したら、なんと言ってもらえるだろう。

「よくやったって言ってくれるよね……」

美緒はふと胸に広がる会えない寂しさを押しやるように声を出し、作業で固くなった身体を大きく伸ばした。

〝白い衣装を身にまとった、自然を満喫する妖精〟

それが企画書に書かれた衣装のテーマだ。

「池内さん、気に入ってくれるといいけど」

美緒の目の前にはラックにかけられた白いデニムのオーバーオールと、同じ白でも色味が違うシルクのリボンブラウスがある。

妖精と聞いて、最初はシーツを全身にまとっているような柔らかな女性をイメージしたが、真乃の素顔は妖精といってもやんちゃな妖精。

クールとは真逆で顔をくしゃりと崩し、口を大きく開けて笑う朗らかさが彼女の魅力だ。

自然の中に放たれた途端、笑い声をあげながら走り回る。

そんな妖精がいてもいいだろうと思い、京佳と相談しながらデザインを決めた。

それが真っ白のオーバーオールの妖精だ。

代理店からOKは出ているが、真乃の期待に応えられているのか不安は大きい。

けれどこれまで表に出ていなかった彼女の魅力を世間に知らせるきっかけになれば、それこそ美緒が引き受けた甲斐がある。

美緒は両手を合わせ、なにもかもがうまくいきますようにと祈った。

「美味しい」

チキンがほろほろと柔らかなスープを口にし、美緒はたまらず呟いた。

ここ数日寝る間を惜しんで作業に集中していて、大した食事を取っていなかった。

会社の食堂でとる昼食だけが、日々の栄養源だったのだ。

おかしな話、今回ほど会社を辞めずにいてよかったと思ったことはなかった。

「ごちそうさま」

豆乳ベースで具材たっぷりのスープを完食し、美緒はホッとひと息吐く。

このスープは匠が出張先で見つけ、あまりの美味しさに感激して送ってくれたのだ。

忙しい仕事の合間に自分のことを思い出してくれたのだと思うと、会えない寂しさも少しは和らぐ。

とはいえ顔を合わせるたび痩せていると思うのは、気のせいではないはずだ。

今が頑張りどきだと言いながらも無理をしているのは明らかで、身体を壊さないか、それだけを心配している。

土曜日の今日も次の出張先への移動日らしく、身体を休めるのは難しいはず。

美緒はスマホを手に取りメッセージアプリを表示させると、匠の名前をタップした。

【送ってくれたスープ、とても美味しかったです。ありがとうございました】

送信し、スマホをテーブルに置く。

他にも伝えたいことはあるが、忙しい中時間を取らせるのが申し訳なく、いつも簡単なメッセージしか送っていない。

「会いたいな」

スマホを眺めながら、ぽつりと呟いた。

「でも、我慢我慢」

自分の言葉を打ち消すように、美緒は首を横に振る。

匠がなにより大切にしているのは仕事で、それがわかっていて結婚した自分が寂しがるわけにはいかない。スープを送ってくれる優しさだけで、満足しなければ。

それに、今が頑張りどきだと言っていた匠と同様、自分にとっても今が人生の分岐点だ。

真乃のCM衣装を引き受けたことでなにかが変わり、少しでも匠にふさわしい自分になれるかもしれない。

美緒は気を取り直し、テーブルの上に置いている真乃の写真集を手に取った。

今回の仕事の参考にと代理店から送られてきたのだが、まるでアートのような世界観の中に現れた真乃は女神のようで、ため息を我慢できないほど美しい。

最終ページには《美緒さんへ》という文字と彼女のサインがある。

まるで書道のお手本のような美麗な文字からは、見た目だけでなく彼女が身につけている知性も感じられる。

難関国立大学を卒業している匠の同級生だから、それもそのはずだ。

「友達って言ってた……」

一度そう聞いて以来彼女のことが話題に出たことはないが、どんな付き合いだったのだろうと、ふと気になった。

ふたりが並ぶとそれこそ完璧な美男美女。大学でも話題になっていたはずだ。

それに今では社会的にも影響力がある彼女なら、匠をサポートするくらいのことは余裕でできるはずだ。

自分とのあまりの違いに、美緒はため息を吐いた。

「だめだめ。今が踏ん張り時」

匠を支えるために結婚したはずだ。そしていつか匠に好きになってもらえるように努力するとも決めたはず。

それこそ限界を超える頑張りで。

美緒は自身を叱咤《しった》するように、大きく頷いた。

するとその時、スマホから着信音が響いた。

匠からかもしれないと慌てて手に取ると、悠真の名前が表示されている。

「久しぶり？」

悠真からはこれまで三日とおかず連絡があったが、ここ一週間、なんの音沙汰もなかった。

「お兄ちゃん？ なにかあったの？」

《えっ？ なんでわかるんだ？》

悠真の驚く声に、美緒は目を見開いた。

「なんでって、やっぱりなにかあったの？ まさか千咲さんが倒れたとか……彼女忙しそうだったし」

《美緒、お前珍しく勘がいいな》

感心する悠真の声に、美緒は眉を寄せた。

「え、やっぱり千咲さんがどうかしたの？ 大丈夫？」

《ああ、大丈夫。今は吐き気も治まって家でゆっくりしてる》

悠真の落ち着いた声に安心するも、やはり千咲は体調が悪いようだ。

「吐き気って、食あたりかなにか？」

《いや、実はつわりなんだ》

「つわりって、え、千咲さん妊娠したの？」

スマホを握りしめ、美緒は思わず大きな声をあげた。

「この間は全然気付かなかったけど……あ、おめでとう」

《ありがとう。最近千咲の体調が悪くて心配してたんだけど、まさか、だよな》

悠真の照れた顔が頭に浮かび、美緒は頬を緩ませた。

「そっか。お兄ちゃん、いよいよお父さんになるんだね。まあ、年を考えたらそれもおかしくないよね」

悠真も千咲も三十五歳。親になるには十分納得の年齢だ。

「千咲さんに似たらいいな。きっとかわいいよ」

《俺もそう思う。無事に生まれてくれればそれでいいんだけどな。まだ八週で豆粒みたいに小さいのに、心臓は元気に動いてるんだ。俺、感動した》

「そうなんだ」

悠真の愛情が滲む優しい声に、美緒の胸がじわじわと温かくなる。

今まで美緒が受け取っていた悠真の愛情は、すでに千咲のお腹にいる赤ちゃんに向けられているようだ。もちろん、千咲にも。

「なにか手伝えることがあったら言ってね」

妊娠初期は不安定だと聞く。千咲の力になれるなら、いつでも駆けつけたい。

《ありがとう。とりあえず五月の一週目を空けておいてくれ》

「五月？」

《ああ。営業で親しくしているホテルに聞いてみたら、ちょうどキャンセルがあって空いてたんだ。だからその日に結婚式を挙げることになった》

「結婚式……」

美緒はぼんやり繰り返した。

《美緒より先に結婚することになって申し訳ない》

そう口にしつつも悠真の声は弾んでいる。

やはり早く結婚したかったのだ。

「え、お兄ちゃんが結婚……ということは」

美緒はあることに気付き、表情を曇らせた。

《詳しいことはまた連絡する。これから千咲の両親に会って挨拶してくるよ》

「……うん。そうだ、千咲さんにおめでとうって伝えておいてね」

《わかった。千咲も今、実家に電話してるんだ。じゃあ、急ぐから》

悠真は明るくそう言って、電話を切った。

「お兄ちゃん、わかりやすいな」

スマホを手に、美緒は苦笑する。

美緒を必要以上に心配してばかりいた悠真が、今は千咲の妊娠と結婚の話ばかりで舞い上がっていた。

それが当然だ。

あっけない変化に驚きつつも、肩の荷が下りたようでホッとする。

千咲もきっと、喜んでいるはずだ。

「お兄ちゃんたちが結婚」

それは美緒には匠と結婚する必要はなかった、ということだ。

「でも」

匠は結婚して周囲からの面倒な声を遮断し、社会的な信用を得て仕事に集中したいと言っていた。

美緒はそのことに縋るように、動揺している気持ちを落ち着けた。

その時、匠からメッセージが返ってきた。

【海岸線が眩しい】

メッセージとともに届いたのは、列車の中から撮影したに違いないキラキラ光る海の写真だ。

【いつか美緒と一緒に見られるといいな】

美緒はメッセージを読み返しながら、そんな日が来てほしいと心から願った。

週明けの月曜日、これまで匠が進めていたバイオマス発電事業に関する記者発表が行われた。

大規模な山林を所有し植林している日高製紙は、その木々で梱包材や紙製品を製造している。

そこで発生する端材や間伐材を燃料として発電する事業で、大手商社と合弁会社を設立し電力小売事業を本格化させるようだ。

「とにかく環境にいいってことか」

美緒は日高製紙のＨＰにアップされた会見の映像を眺めながら、小さく首を傾げた。

概略は理解できるのだが、専門的な言葉が続くと途端に思考が追いつかなくなる。

というよりも、壇上に用意された席に着きマイクを手に話している匠につい見とれて話に集中できない。

この間の電話で下っ端の自分にマイクは回ってこないと言っていたが、どう見ても匠に質問が集中している。

そのすべてにそつなく答える匠の表情は生き生きしていて、この仕事にやりがいと誇りを持っているのがわかる。

ただ以前よりも痩せて精悍になった顔立ちを見ると、体調が気になって仕方がない。

とはいえ忙しさは変わらず、昨日のこの記者発表の後いったん帰って来たものの、今はもう北海道の空の下にいるはずだ。

「あ、早速予習してくれてるんですね」

「えっ」

不意に頭上から声をかけられ振り返ると、佐山が背後から美緒のPCを覗いていた。

「それ、日高製紙の会見の映像ですよね。昨夜のニュースでもチラッと流れてました。どこからどう見ても、イケメンですよね」

「う、うん……そうだね」

美緒は言葉を濁し、パソコンに視線を戻した。

佐山だけでなく、社内に匠と結婚したことを知らせていないのだ。

匠の立場が立場だけに公表を躊躇してしまい、考えた末に結婚式の招待状を発送するタイミングで公表することにした。もちろん上司への報告や社内での事務手続きは終えていて、仕事は旧姓のまま続けている。

「コメンテーターが後継者としてかなり期待されているって言ってましたけど、この見た目で仕事もできるなら怖いものなし。羨ましいです」

「でもっ……あ、ううん、なんでもないんだけど」

佐山に悪気はないとわかっていても、匠がその立場によってどれほどの犠牲を払っているのかを、言ってしまいたくなる。

「残念ながら、明日の現場案内でこの御曹司とは会えませんよ。総務部の課長さんが立ち会ってくれるはずなんで」

「うん……わかってるよ」

美緒は振り向かず、答えた。

明日、受注を目指して交渉中の企業の担当者を連れて、佐山と日高製紙に赴くのだ。

実際に箕輪デリサービスの仕事ぶりを現地で確認してもらうのだが、案内する先は日高製紙だ、今もうすでに緊張している。

「日高製紙の社食って、夜はアルコールも振る舞うんですよ。取引先を招いた懇親会に使ったり。さすがの規模ですよね」

「それは、すごいね」

「明日は十一時半の約束なんで、よろしくお願いしますね」

「こちらこそ。足手まといにならないように、頑張るね」

緊張で顔を強張らせ、ぎこちない仕草で答えた。

「もっと気楽に」

佐山の苦笑いにも美緒はうまく笑顔をつくれなかった。


その晩、美緒が子ども用のフォーマルを仕立てている時、匠から電話があった。

時刻は二十二時。いつもより早くホテルに戻ったようだ。

「お疲れ様です。今北海道ですよね？」

《ああ。ようやく仕事にきりがついて、ホテルに帰って来た》

「遅くまで大変ですね。食事は済ませたんですか？　ちゃんと食べないと身体を壊しますよ」

なによりそれが心配だ。

《大丈夫。今夜はこっちの同期たちと寿司三昧。ネタが新鮮でうまかったよ。美緒は？　今夜も忙しい？》
「そうなんです。ネット販売の商品を作っていて。あ、子どものフォーマル服なんです。式に間に合うように仕上げなきゃいけないので、毎晩頑張ってます」
真乃の衣装に時間を割いていたせいで、予定よりも遅れていて少し焦り気味だ。式の日に間に合わないなど許されないので、他の作業は後回しで集中している。
「でも今日明日頑張れば、スケジュールに追いつくので大丈夫です」
《そうか……だったらやめておいた方がいいかな》
匠は遠慮がちに呟いた。
「やめる……なんの話ですか？」
《実は明日先方の都合で半日だけ時間が空いたんだ。美緒に時間があればこっちに来ないかと思ったんだけど、難しそうだな》
期待を乗せた匠の声に、美緒は目を開いた。
《結婚してからどこにも連れて行ってやれてないし、ゆっくり美緒の顔が見たいんだ。どうかな》
「それは、もちろん私も匠さんに会いた――」

会いたいと言いかけた口を、美緒は慌てて閉じる。

匠の声がひどく疲れているように聞こえたのだ。

ふと日高製紙のＨＰで何度も見た、記者発表でマイクを持つ匠の姿を思い出す。

晴れやかな表情で会見に臨んでいたが、顔が以前より小さく顎もシャープになっていた。そんな匠も見とれるほど格好いいが、普段の彼を知っているだけにその変化に不安を感じた。

《美緒？》

声を聞くだけで、明日といわず今すぐ会いたくなる。

けれど今は我慢するべきだとわかっている。

「せっかくの空き時間なので、少しでも身体を休めて下さい」

美緒は会いたい気持ちを脇に押しやり、明るい声を意識して答えた。

《忙しいのには慣れてるから、心配しなくていい》

間髪入れず言葉が返ってきて、美緒は匠から会いたいとせがまれたような気がした。

《あと四、五日は帰れそうにない。だから、会いたいんだ》

続く匠からの魅力的な言葉に、美緒は頷きそうになる。

ほんの少し、一時間程度でも……と、心は揺れた。

けれど。

「だったら、やっぱり明日はやめておきましょう」

美緒は会いたい気持ちに無理矢理蓋をする。

考えてみれば、明日は佐山とともに日高製紙に行く予定で休むわけにはいかない。

それに悠真が結婚すると知ってからというもの、匠との結婚が正しかったのかどうかつい考えてしまい、気持ちが不安定なのだ。

「もちろん私も会いたいんですけど、あの……子ども服の納期が近くて余裕がなくて」

それは嘘ではないが、明日会えないほどではない。

《そうか……》

匠はひと言呟き小さく息を吐き出した。

《そうだな。残念だけどやめておいた方がいいな》

「はい。ごめんなさい」

とっさに思いついた言い訳を、匠は信じたようだ。

それがベストだとわかっていても、会えないとなるとやはり寂しい。

《そういえば、素敵な仕事だって言っていた依頼は、進んでるのか?》

「それは、はい。詳しくは話せないんですけど順調です。もう少しで結果が出ます」

他言できない契約なので、言葉を選び答えた。

《頑張ってるんだな。お疲れ様。美緒の方こそ、身体は大丈夫なのか？》

匠の声のトーンは低く、どこか寂しそうだ。

寂しいというよりも、詳細を知らされていないせいで心配しているのだろう。

「元気ですよ。大丈夫です。依頼も楽しめました」

匠がこれ以上心配しないように、必要以上に明るく伝えた。匠には自分のことだけに集中して、少しでも身体をいたわってほしい。

「今が私の頑張りどきだと思います」

頑張り続ければ、いつか匠に好きになってもらえるかもしれない。

今頑張れるのは、それを信じているからだ。

《わかった。指輪の受け取りの頃は落ち着いてると思うし、旅行にでも行こう》

「あ……」

指輪と聞いて、思わず口ごもる。

頭に浮かぶのは悠真と千咲の顔だ。ふたりは結婚を決め、千咲は妊娠している。

それによって美緒が結婚を急ぐ理由はなくなり、匠にも美緒以外の女性、それも契約結婚ではなく本気で愛する女性と結婚できる可能性が生まれた。

《どうした？》

「いえ、なんでもないです。指輪、楽しみですね」

そう口にしながらも、このまま匠になにも伝えず婚約指輪を受け取っていいのだろうかと、焦りに似た思いが胸に広がる。

《指輪の次は、ウェディングドレスだな。お色直し五回なんて冗談は言わないが、美緒ならどんなデザインでも似合いそうだな。白無垢もいいな》

「白無垢……素敵ですね」

《だったら両方試着させてもらおう。ホテルの担当者に連絡して予約を入れておく》

匠の楽しげな声に、美緒も笑みを浮かべる。

袴姿の匠は見とれるほど格好いいはずだ。想像するだけでときめく。

「楽しみですね」

やはりこのまま匠と夫婦でいたい。

美緒は心の底からそう思った。

国内有数の大企業が建ち並ぶオフィス街の中心に、日高製紙の本社ビルはある。

三年ほど前に、一本裏の通りから移転してきたそうだ。

「移転前から当社が社食の運営をさせていただいてますので、三十年になります」

佐山はエレベーターに乗り込むと、傍らに立つ女性にそう説明した。

「三十年ですか。よほど御社の仕事ぶりが認められているということですよね」

女性は感心するように呟くと、上昇するガラス張りのエレベーターから見える景色に感嘆の息をこぼした。

彼女は庄野《しょうの》といって、大手事務機器メーカーで社食管理を担当している女性だ。

三十代前半くらいだろうか、小柄で穏やかな雰囲気をまとっている。

これまで社食を委託していた会社の廃業が決まり、新たな委託先の候補として箕輪デリサービスがあがっているらしく、佐山が受注に向けての営業活動を続けている。

今日はその一環として箕輪デリサービスが運営している日高製紙の社食に案内し、実際に見てもらうとともに提供している料理を食べてもらう予定だ。

エレベーターを降りると、フロアすべてが食堂という広く明るいエリアが現れた。

中央にビュッフェコーナーがあり、他にも麺類や定食の提供が行われ、奥の窓際にはカフェエリアが見える。

昼休憩の時間帯で混んでいるが席数はかなり多く、皆ゆったりとした間隔で食事を楽しんでいる。

「これが匠さんの会社」

遠目から日高製紙のビルを眺めることはあったが、足を踏み入れるのは初めてだ。

ここで匠も食事を取っているのだろうか。

細身のスタイルからは想像できないほどがっつり食べる匠のことだ、ビュッフェではプレートいっぱいに料理を盛りつけ、機嫌よく食べているのだろう。

オレンジを基調とした明るい食堂内を眺めながら、美緒は想像をめぐらせる。

今ここにいることを匠が知ったら驚くはずだ。

事前に伝えるつもりでいたが、昨夜はウェディングドレスや白無垢の話題が出て舞い上がってしまい、すっかり頭から抜けていた。

「白川さん？　どうかしました？」

「ううん。なんでもないの。ここまで広い社食は初めてだから、驚いただけで」

慌ててごまかす美緒に、佐山は「ですよね」と納得する。

「今は経費のことを考えて社食を廃止する企業も多くて、ここまで展開していただける企業は少ないんです。俺が担当している中でも一番の規模です」

「佐山さん、お待たせしてすみません」

食堂の奥から恰幅のいい男性が現れた。

「こちらこそ今日はありがとうございます。和田《わだ》さんもお忙しいのにすみません」

「いえいえ、かまいません。向こうに席を確保してますので先に食事にしませんか？」

和田と呼ばれた男性は美緒や庄野に軽く会釈すると、三人を食堂へと案内した。


「どのお料理も美味しいです。これって社食のレベルじゃないですよ」

庄野はテーブルに並ぶ料理を順に試食しながら、驚きの声をあげている。

「そうなんです。箕輪さんのお料理はどれも絶品です。この近くにも人気の飲食店があるんですけど、社員のほとんどは社食を利用しています。ここで食事をするために出張先から急いで戻る社員もいるほどで。おかげで食べすぎて、この通りです」

和田はふくよかなお腹をポンと叩いた。

彼は総務部の課長で、社食の運営管理をしているそうだ。

「箕輪さんは季節ごとのイベントにも敏感で、クリスマスにはショートケーキを用意して下さったり、ハロウィンの時には内装にも凝ってくれてお菓子の掴み取りもあったりで、とても楽しいんです」

「そうですか」

庄野はすっかり空になったトレイに箸を置くと、佐山と美緒に向き直った。

「この後調理場の確認がありますし、私に決定権はありませんが、箕輪さんとのご縁が今後続くよう会社に報告させていただきます」

「ありがとうございます」

美緒と佐山は揃って頭を下げた。

受注が決まったわけではないが、かなりそれに近づいたようだ。

「それにしても素敵な食堂ですね。当社はこの半分程度の広さなので、羨ましいです」

庄野の言葉に、和田は誇らしげな表情を浮かべる。

「当社の日高という社員が……あ、名前でピンとくるかもしれませんが社長のご子息で、ちなみに僕の同期なんですけど。本社ビル新築の際に彼から社食の充実を図りたいと提案がありまして、スペースを拡大して会社からの補助を増額したんですよ」

和田の同期というのは匠のことに違いない。

まさかここで匠の話題が出るとは思わず、美緒は小さく身体を震わせた。

「それって、日高……匠さん？」

不意に庄野が反応する。

「実はこちらに伺うにあたって、御社のＨＰを閲覧させていただいたんですが、その時に先日の記者発表の映像を拝見しました」

「ああ。あの映像ですね。社内でも話題になってます。庄野さんも日高に目を奪われたおひとりですか？　あいつ、カッコいいですからね」

和田がからかい交じりに問いかける。

「いえ、そういうわけでは……でも素敵な方だとは思いました。業界の重鎮と呼ばれる方々と並んでも堂々とされていて、質問に対する答えも的確でわかりやすい。後半は日高さんひとりで答えていらっしゃいましたよね」

美緒は心の中で、その通りだと大きく頷いた。

今までの匠の努力が認められたようで、うれしくなる。

「でも、確かにカッコよくてつい見とれちゃいました。夫には内緒ですけど」

庄野はおどけた口調でそう言うと、かわいらしい仕草で肩を竦めた。

「ですよね。日高が相手だと大抵の男性はやる気を失います。おまけに容姿だけでなく仕事ぶりも優秀で、社員からの信頼も厚いんですよ。次期社長だと期待されてますが、とっくにその期待に応えているんで、今日社長に就任したとしても誰も文句は言いません。いわゆる当社自慢の御曹司ですね。残念ながら今日は出張で本社を離れていますのでご挨拶できませんが」

ははっと豪快に笑う和田につられ、美緒たちも笑い声をあげた。

多少大袈裟に話しているとしても、和田は匠を誇りに思っているようだ。同期としてだけでなく、次期後継者として、ひとりの男性としても。

そして社員たちも、仕事に真摯に向き合う匠の努力をちゃんと理解しているのだ。

「実は日高が社長になる日を楽しみにしてるんですよね。どんなことをやってくれるのか、ワクワクするんです。今以上に魅力的な会社になる日が待ち遠しい……すみません。会社自慢みたいになっちゃいましたね」

再び朗らかに笑う和田に、気付けば周囲から優しい眼差しが向けられている。

「現社長には申し訳ないですけど、私もワクワクしてます」

隣のテーブルから声をかけられ、和田が「ですよね」と照れくさそうに答えている。

その和やかなやり取りに目を細めながらも、美緒の思いは複雑だ。

すでに匠は後継者として認められている。

周囲からの〝結婚してこそ一人前〟という面倒な意見はあるかもしれないが、それを振り切れるだけの社員との信頼関係がある。

ということは、美緒に結婚を続ける必要がなくなっただけでなく、匠にもその理由はないということだ。

いつの間にか和田以外の社員とも話が盛り上がっている佐山たちをぼんやり眺めな

がら、美緒はその事実をかみしめた。

その後バックヤードの見学や調理担当の面々との簡単な質疑応答を済ませ、現場案内は終了した。

今後、和田が今日の結果を会社に報告し、契約の可否が決定されるそうだ。

佐山は手応えを感じたのか、帰社後すぐに別案件のプレゼンの準備を始めている。

「いい返事がもらえるといいね」

美緒の言葉にも余裕の表情を見せる。

「やることはやったんで。結果がどうであれ受け止めますよ。それよりやっぱり転職希望先の第一位は日高製紙。これは揺るぎそうにないです」

「またそんなことを」

冗談だとわかっていても、佐山の気持ちはよくわかる。

美緒も日高製紙の社員が羨ましくてたまらなかったのだ。

あらゆる部門、そしてあらゆる年代の社員が集まる社食の雰囲気は、会社全体の空気感を表している。

日高製紙の社食では、誰もが明るい笑みを浮かべ、食事を心から楽しんでいた。

社食で食事をするために出張先から戻って来るというのがその象徴だ。

もちろん仕事に関するストレスはあるだろうが、満足できる食事を重ねることで立ち向かう気力がわいてくる。

それを理解しているからこそ、匠は社食のスペース拡大や会社負担の増額を進めたのかもしれない。

「白川さん、スマホ光ってましたよ」

「あ、ありがとう」

見ると匠からメッセージが届いてる。

【お疲れ様。ホテルの担当者に確認したら、来月初めの日曜日なら衣装の試着ができるらしい。予約を入れてもいいか？】

「予約」

昨日の今日で動きが早い。美緒はスマホのスケジュールアプリを開いて確認する。

ネット販売の注文数次第だが、オーダーメイドを中止している今、余裕がある。

美緒は再び匠のメッセージを表示させ、ＯＫの返事を打ち込もうとした。

「でも、やっぱり」

匠への一方的な想いを貫くために、匠から幸せになれる未来を奪えない。

美緒は何度か深呼吸し気持ちを整えた後、再びスマホの画面に指を滑らせた。
【ごめんなさい。その日は無理です。お断りしていただけますか？】
美緒は心の中を無理矢理空っぽにして、匠に返事を送った。
しばらく経って届いた匠からのメッセージには、改めて日程を確認しておくという
あっさりとした言葉と、美緒の忙しさを心配する優しい言葉がずらりと並んでいた。
【早く顔が見たい】
最後に記されたメッセージを読みながら、美緒は目尻からこぼれ落ちた涙を指先で
そっと拭った。

その日を境にして、美緒は今まで以上に会社での仕事と洋服作りに没頭した。
現場案内から数日後には庄野から吉報が届き、無事に受注を取りつけた。
現在最終的な契約書の作成を美緒が引き受けているが、それ以外にも人員不足によ
る突発的な業務が加わって、毎日忙しい。
残業は極力控えているが、就業時間内に仕事以外のことを考える余裕はない。
帰宅後も納期が迫る服の製作に集中し、なにも考えないようにしている。
中でも一番考えないようにしているのは、匠との結婚のことだ。

匠が変わらず出張続きでゆっくり話ができないのを言い訳にして、今も悠真と千咲の結婚を伝えられずにいる。

顔を合わせても、そのことが気になり会話はぎこちない。

匠は本業と副業で忙しいからだろうと美緒の体調を案じているが、美緒以上に忙しい匠に心配をかけていることが、なにより心苦しい。

美緒はそれでも悠真のことを切り出せず、悶々とした毎日を送っている。

いつか必ず匠に知られるとわかっていても、伝えた途端匠との縁が途切れてしまうのではないかと不安で、言い出せないのだ。

契約結婚だとはいえ美緒にとっては愛する人との結婚だ。どれだけ罪悪感を抱えていても、このまま匠と一緒にいたい。

だからその想いを全うしようと決めた。

匠が愛する人と幸せになれる未来を、自分が与えればいい。

彼にふさわしい自分になって、愛されよう。そして匠を幸せにしよう。

改めてその想いを確認し、美緒は全力で仕事に取り組むことにしたのだ。

「ん……？」

美緒はミシンを操作する手を休め、画面が明るくなったスマホを手に取った。

京佳からのメッセージが届いている。

【ようやく真乃ちゃんのスケジュールをもらえたから、CMの衣装の試着をしてもらえるわよ。急で悪いけど、明日の午前中は大丈夫？ 仕事だよね】

「明日……」

仕事は山積みだが、幸いにも明日が期限の作業はない。

美緒はラックにかかっている真乃のCM衣装を眺め、気合いを入れるように両手を握りしめた。

いよいよだ。

すぐさま京佳にOKの返事を送った。

匠につり合う自分になるためにも、今回のCM衣装の件は絶対に成功させたい。

そして匠に愛されたい。

美緒はともすれば不安で押しつぶされそうになる自分を奮い立たせるように、その後も夢中でミシンを操作した。

翌日、美緒は会社に急用で休むと連絡し、迎えに来てくれた京佳とともにタクシーで現場に向かった。

匠は昨日から出張で留守にしていてこのことは知らせていない。説明できる段階ではないので、申し訳ないが出張中でよかったとホッとしている。

車窓を流れる景色は灰色のビル群から緑豊かな住宅地へと変化していく。

これから真乃が撮影をしているというスタジオを訪ねる予定だ。

忙しい真乃のスケジュールを押さえるのは難しく、雑誌の撮影の合間のわずかな時間をなんとかもらえたらしい。

「クライアントも代理店も白いオーバーオールのアイデアに乗り気でね、真乃ちゃんとの相性がよければ問題ないと思うわよ」

タクシーの後部座席で、京佳が緊張している美緒を励ますように声をかける。

「会社も忙しいのに突然ごめんね」

「いえ、大丈夫です。有給が残っているので、課長は喜んでました。部下の有給消化が進まないと査定に響くらしいです。なんだか不思議ですけどありがたい話ですよね」

美緒は乾いた笑い声をあげた。緊張しているせいで、饒舌になっている。

「それって本当にありがたい話よ。私みたいな個人事業者に有給なんてないもの」

気を使ってか大袈裟な身振りで話す京佳に、美緒はようやく気持ちが落ち着いていくのを感じた。

昨夜京佳からメッセージが届いてからというもの、緊張が続いている。

今回の衣装の評価次第で、自分のブランドを立ち上げるという夢に近づけるかもしれない。

そして匠との未来に明るい兆しを見つけられるかもしれない。

ついそんなことを考えてしまい、さらに緊張するという悪循環に陥っていたのだ。

「それにしても真乃ちゃんの忙しさは尋常じゃないのよ。明日の午後にはヨーロッパに飛んで来週頭にはニューヨーク。今日を逃すとＣＭの撮影日までスケジュールをもらえそうになくて。だから美緒ちゃんに無理を言っちゃったの。ごめんね」

「いえ、それは平気なんです。私の方こそこんな格好ですみません。池内さんに失礼ですよね。なんなら京佳さんひとりで衣装の試着に立ち会って下さってもいいです」

さすがにそれはないだろうとわかっていても、元来の弱気な性格が顔を出す。

「なに言ってるの。美緒ちゃんが衣装の確認をしなきゃ意味ないでしょう？　それに大丈夫、今日も美緒ちゃんはちゃんとかわいい。ジーンズも似合うじゃない」

「そんなことは……でも、お世辞でもありがとうございます」

美緒は自分の服装を見下ろし、ため息を吐く。

今朝も緊張でなにも手につかず、気付けば家を出る時刻。手近にあった服に慌てて着替えて飛び出したのだ。

部屋着に近いくたびれたジーンズと着古したセーター。おまけにすっぴんで、毛先が跳ねた髪をクリップでまとめただけの雑なスタイル。どう見てもこれから人生が決まるかもしれない場所に臨む服装ではない。

「ねえ、それって匠君のだよね?」

京佳は美緒が膝の上に置いているダウンコートを指差した。

「私、親戚一同の新年会で、それを見たような気がするのよねー」

京佳はもったいぶるようにそう言って、肩を震わせ笑っている。

「えっと」

美緒は京佳の言わんとすることを察し、視線を泳がせた。

「ふふっ。仲がいいようでなにより。そうよね、夫婦だから服の貸し借りは当然よね」

「ち、違うんです。朝は慌てていて、これが目についたので掴んで来ただけで」

「いいのいいの。私も野暮だった。新婚だもん、頭の中はお花畑でイチャイチャしてるのよね」

京佳はあたふたする美緒の腕をポンポンと叩き、ひとり納得している。

「イチャイチャって言われても……」

美緒は力なく呟いた。

契約結婚の自分たちに、どう考えてもイチャイチャという言葉は当てはまらない。

同居生活は匠の優しさに支えられて順調で、結婚式に向けての準備は協力し合いながら、というより匠のフットワークの軽さに引っ張られて進んでいるが、それだけだ。

身体を重ねていても、日常的にいちゃついたり触れ合ったり、恋人同士なら当然のことも、あるにはあるが少ないかもしれない。

最近は悠真のことを言えずにいる後ろめたさからかうまく話せず、前よりもふたりの間に距離ができたような気もしている。

「匠君が仕事三昧で寂しいって顔をしてる」

京佳は美緒の顔を覗き込んだ。

「匠君ってなにを焦ってるのって心配になるくらい仕事ひと筋だから仕方ないか。最近はとくに仕事の鬼だって伯父さんが……あ、匠君パパだけど、言ってたし。妻の美緒ちゃんにいいところを見せたいのかもね」

どこまでもポジティブな京佳の言葉に、美緒は苦笑する。

「それはないと思いますけど、確かに仕事が忙しそうなので体調が心配です」

「だったら今日会社を休んでもらってでも、美緒ちゃんを連れて来てよかった」

頷いた。

「実はね、今日……あ、ちょっと待って」

京佳はジャケットのポケットからスマホを取り出すと、画面になにかを表示させ、

「うん、OKね。やっと言える」

京佳はスマホをポケットにしまい、美緒に勢いよく向き直る。

「なんと。匠君が現場に来るわよ」

ひときわ大きな声が、車内に広がった。

「あの？」

「びっくりした？　あ、でも今回の衣装の話、匠君はいっさい知らないの。だから美緒ちゃんが来てるって知ったら絶対に驚くわよ。どんな顔をするんだろうねー」

子どものようにはしゃぐ京佳を、美緒はきょとんと見つめる。

「匠さんが現場に……あの？」

「あ、ごめんね。なんだか私の方が興奮しちゃった。あのね、今回の真乃ちゃんのCMって、日高製紙のCMなのよ」

「えっ」

「この間バイオマス発電の記者発表があったでしょう？　今回のＣＭはその事業を前面に押し出しら、言ってみれば企業のイメージＣＭって感じかな」

「そうだったんですか」

今日あたりＣＭの内容について教えてもらえるかもしれないと期待していたが、まさか日高製紙とは、想定外だ。

けれど考えてみれば、今回の衣装のコンセプトは《白い衣装を身にまとった、自然を満喫する妖精》だ。

バイオマス発電事業を進める企業のＣＭにはぴったりかもしれない。

「今スマホで確認したけど、実は今日の九時に日高製紙のＨＰで真乃ちゃんのＣＭ出演が発表されたのよ。黙っててごめんね」

京佳は目の前で両手を合わせ、謝っている。

「いえ、そのあたりのことは理解できるので大丈夫です。それよりも、あの」

匠が現場に来るとは、いったいどういうことだろう。

「あら、早くも匠君に会いたくて焦《じ》れてる？」

「いえ、それどころじゃなくて」

美緒は膝に置いたダウンを握りしめた。

不安定な気持ちを抱えている中で、どんな顔をして会えばいいのかわからない。

衣装の件で緊張していたことが嘘のように、今は匠のことしか頭に浮かんでこない。

「今日真乃ちゃんが撮影してる雑誌でね、匠君との対談がセッティングされたのよ。だから出張先から直接来てくれるんだって」

「対談、ですか」

「CM出演の意気込みっていうのがテーマみたいだけど、同い年の美男美女で絵になるから出版社からどうしてもって頼み込まれたみたい」

「美男美女……それは楽しみですね」

もともと知名度がある真乃はもちろん、匠も先日の記者発表での堂々とした佇まいが話題を呼び、日高製紙のHPの閲覧数が右肩上がりで伸びていると聞く。

そんなふたりの対談だ、雑誌が発売されれば話題になるに違いない。

やはり彼女には敵いそうにない。

美緒はセーターの毛玉を撫でながら、真乃と自分の立場の違いに肩を落とした。

タクシーはゆっくりとスピードを落とし、路肩に寄せて止まった。

「ここよ。匠君は真乃ちゃんの撮影がひと区切りついた頃に来るらしいから、まだかな。でも早く来たらいいのにねー。電話しておこうかな」

明らかにこの状況を楽しんでいる京佳に続いて、美緒もタクシーを降りた。

目の前には五階建ての大きなビル。ここがスタジオのようだ。

「まずは代理店に挨拶に行きましょう」

「は、はい」

タクシーから降りた途端表情を仕事モードに切り替えた京佳の後を、美緒は急いでついて歩いた。

地下のスタジオではすでに撮影が始まっていた。

真乃はハイブランドの服を堂々と着こなし、魅力的な眼差しをカメラに向けている。

スタイルのよさは夢の九等身と呼ばれ、国内外の著名なカメラマンからのオファーが絶えないというのは有名な話だ。

冗談で産声をあげた時からモデルだったとなにかの取材で答えていたが、あながち冗談ではないかもしれないと思わせるほど、彼女の容姿は完璧すぎる。

美緒は思わず自分の服装を見下ろした。

一瞬居心地の悪さを感じたが、真乃ほどの美しい女性に自分が仕立てた衣装を着てもらえるのだという喜びの方が大きく、自分のことは気にならなくなった。

「京佳さん。あの時粘ってくれてありがとうございました」

京佳が今回の依頼を美緒に粘り強く勧めてくれなければ、自分は今ここにはいない。

「私、すごくワクワクしてます」

シャッター音が響くスタジオの中で、美緒は自分が新しい世界に足を踏み入れたような気がしていた。

広告代理店の担当者に挨拶を終えた後、撮影の休憩のタイミングで真乃に衣装を試着してもらうことになった。

控室に現れた真乃は、衣装をひと目見るなり「なるほど」と呟いた。

その言葉からは気に入ってもらえたのかどうかが判断できず、美緒は息を詰め真乃の動きを見守った。

「話には聞いていたけど、オーバーオールって新鮮ね」

真乃は衣装を身につけると、鏡の前でいくつものポーズを作り始めた。布の張り具合やシワのでき方を確認しているようだ。

撮影の途中にもかかわらず、真乃は本番に近いイメージで試着したいと言ってわざわざそれまでの華やかなメイクを落としている。

それでも肌は陶器のようになめらかで、素顔でも十分すぎるほど美しい。

衣装を隅々までチェックする眼差しは厳しく、以前美緒が仕立てたプライベート用のワンピースを試着した時の彼女とは別人のようだ。

仕事となると途端にモードが変わり、妥協せず、決して手を抜かない。

美緒は、これがモデル・池内真乃の本来の姿なのだと納得した。

「オーバーオールに清楚なリボンブラウスって意外な発想だけど素敵ね。活動的でありながら俯瞰で世界を眺めているようで、いいんじゃない？　これでいきましょう」

真乃の言葉を合図にしたかのように、それまで動きを止めていたスタッフたちが一斉に動き出す。続く撮影に向けての準備が始まるようだ。

「あ、美緒さん。今回はありがとうございます。私の独断で美緒さんを推薦しちゃってすみませんでした。驚きましたよね」

真乃がそれまでの厳しい表情から一変、優しい笑顔で美緒に声をかける。

「とんでもないです。確かにびっくりしましたけど、うれしかったです。あの、どこか手直しが必要な部分はありませんか？」

真乃は衣装を脱ぎながら、ゆっくりと首を横に振る。

「手直しは必要ないわ。完璧よ」

「ありがとうございます」

美緒は胸をなで下ろした。

真乃がサイズやシルエットはもちろん、縫い目や布目の向きなども細かくチェックしていたので気になっていたのだ。

その上で完璧だという言葉をもらい、昨夜から続いていた緊張感からようやく解放された。気のせいだと言い聞かせていた胃の辺りの痛みもすっかり消えている。

無事にＯＫをもらえた。

それは美緒が仕立てた衣装が、日高製紙のＣＭで使われるということだ。

幸せな偶然と縁によるものだとはいえ、匠の力になれる喜びで胸がいっぱいになる。

匠は今回のＣＭに関してなにも知らないようだが、美緒がＣＭに関わっていると知った時、どんな顔をするだろう。

今回の衣装を仕上げたことで、美緒の中にこれまで感じたことのない達成感と自信が生まれた。

今なら悠真が結婚することを、匠に話せそうだ。

美緒は次の撮影のために華やかなドレスを身につけた真乃の背にお辞儀をすると、

邪魔にならないよう控室を後にした。

興奮が治まらない感情を鎮めようと、美緒はビルの外に出た。

春が近いとはいえ、空気は冷たい。

スタジオに忘れてきた匠のダウンを取りに戻ろうかと迷ったが、気持ちを落ち着けるにはちょうどよさそうだ。

脇のベンチに腰を下ろすと、溢れるほどの日射しで身体が温かくなっていく。

緊張が解けただけでなく、ここ最近の睡眠不足で今にも眠ってしまいそうだ。

体感ではほんの数分。

美緒は温かな日射しを浴びてついうとうとし、コクリと首を揺らした。

「あっ」

美緒は慌てて身体を起こした。

匠に今回のことを伝えるつもりでいるのに、寝ている場合ではない。

美緒はスタジオに戻ろうと立ち上がった。

「え……電話?」

脇に置いていたバッグの中から、振動音が聞こえてくる。

スマホを取り出すと、佐山の名前が表示されている。
「もしもし、白川です。お疲れ様」
《お疲れ様です。佐山です。お休みなのにすみません。ちょっとお聞きしたいことがあるんですけど、今いいですか?》
待ちかねたように話し始めた佐山の声に、美緒はなにかあったのだと察した。
《来週予定している安西物産《あんざいぶっさん》のプレゼン用の資料なんですけど、今日の午後、必要になったんですよ。共有ファイルにあるので全部ですか》
「え、どうして今日?」
スマホの向こうから、佐山のため息が聞こえてくる。
《木島イートです》
「木島って、え、また?」
《そうなんです。安西物産でも競合しているみたいです。木島イートが今日の午後プレゼンを予定しているんで、できれば続けてお願いできないかと連絡がありまして》
「それって可能性はどうなの? カメイ製作所の時みたいに価格で判断されたらアウトよね」
《俺の単なる感触ですけど価格では惨敗です。だけど先方は利益度外視の運営がいつまでも続くわけがないと理解されていて、運営内容で判断してもらえそうなんです。だから今回ばかりは絶対に負けたくないんです》

飄々としている佐山にしては珍しい熱がこもった言葉に、美緒は目を瞬かせた。

本気で今回の受注を取りに行くつもりのようだ。

美緒は振り返りスタジオが入るビルを見上げた。

この後匠に今回の衣装の件を伝え、悠真の結婚のことも話すつもりでいたが、今日は諦めた方がよさそうだ。

「わかった。資料は共有ファイルにあるのがすべてだけど、安西物産ならここから近いから、私も同行する」

確か地下鉄で三駅だ。

ただ問題なのは、服装だ。よれたジーンズとセーターで行くのはまずい。

途中で適当な服を買って、着替えよう。

《いいんですか？　急用だって聞いてますけど》

「それは済ませたから大丈夫。じゃあ、ひとまず現地に向かうから、また連絡して」

《わかりました。お願いします》

電話を終えた美緒は、急いでスタジオに戻った。

「まだメイク中なのかな」

京佳に事情を話そうとスタジオに戻った美緒は、撮影が再開されていないと知り真乃の控室を訪ねてみることにした。

いったん落としたメイクをやり直すのに時間がかかっているのかもしれない。

控室に続く角を曲がると、少し開いている控室の扉から光が漏れているのが見えた。人の気配もあり、美緒は足取りを速めた。

「あの」

足もとのドアストッパーに気をつけながら控室の中を覗くと、ドレスをまといヘアメイクを終えた真乃の笑顔が目に入った。

椅子に腰を下ろし、目の前に立つ男性を見上げて顔をほころばせている。

美緒は真乃がひとりではないと気付きこの場を離れようとしたが、真乃の表情があまりにも美しくて目が離せず、そのまま動きを止めた。

「綺麗……」

これまでの映像や写真では見たことがない、真乃の柔らかく穏やかな笑顔。

心が満たされているかのようなその笑顔は、メイクを施していることを抜きにしても綺麗だ。

美緒に背を向けているせいで男性の顔は見えないが、明らかに長身で手足が長い。

よほど仲がいいのか真乃がなにか話すたび肩を震わせている。

一瞬撮影スタッフのひとりかもしれないと考えたが、スーツを着ているところを見るとそうではなさそうだ。

「ずっと好きだった――した」

「ねえ――幸せ？」

不意にふたりの会話が途切れ途切れに聞こえてきた。

表情をほころばせる真乃に、男性は間を置かず頷いている。

美緒は息を止め、ふたりを見つめた。

〝ずっと好きだった〟〝幸せ〟と聞こえたうえにふたりのこの親密な様子を見ると、男性は真乃の大切な人かもしれない。

「――くらい幸せ」

〝幸せ〟と答えた男性の言葉によほどときめいているのか、真乃はぽかんと男性を見つめている。

すると男性は真乃の耳に顔を寄せ、なにか囁いた。

「だって――幸せになって――たから。本当にうれしい」

真乃も男性の耳に、囁き返している。顔をくしゃりと崩し、心の底から幸せなのだとわかる笑顔。

間違いない。ふたりの間には特別ななにかがある。

美緒がそう納得し、真乃の幸せそうな笑顔に見とれていると。

「あ、危ない」

立ち上がろうとした途端バランスを崩した真乃の身体を、男性がとっさに手を伸ばし抱き留めた。

男性の動きはとても自然で躊躇ひとつなく、まるで真乃の華奢な身体を全身で守ろうとするかのようだった。

しばらくして男性が真乃の身体から慎重な動きで手を離すと、真乃は照れくさそうに笑い男性の耳元に唇を寄せる。

ふたりの距離がゼロに近づいた。

すると男性は真乃の動きに合わせて腰を折り、ゆっくり左を向いて彼女の声に耳を傾けている。

「……え?」

美緒は大きく息をのんだ。

真乃と男性の動きがまるでスローモーションのように、視界に飛び込んでくる。

控室にいる男性は、匠だ。

今も真乃と互いの顔を近づけ言葉を交わしては、楽しそうに笑い合っている。

「どうして……？」

ふと耳にしたばかりのふたりの会話を思い出す。

〝好き〟と互いに口にしていた。今もふたりの距離はあまりにも近く親密で、特別な関係にしか見えない。

「まさか……」

真乃は友人だと言っていたのは嘘なのだろうか。

そう思い至ったと同時に、美緒は首を横に振る。あの時の匠は、嘘を言っているようには見えなかった。

「だったら……」

もしかしたら匠は昔から真乃のことが好きだったのかもしれない。

なにかの事情で互いに隠さなければならなかった気持ちを今伝え合い、結ばれたのだろうか。

だとすれば、匠の優しさと互いの事情で契約妻となった自分は、匠の足かせにしかならない。

美緒はあまりの衝撃に落ち込み、めまいを覚えた。

「あ、白川さんここにいたんですか。京佳さんが電話にも出ないって探してますよ」

廊下の向こうから名前を呼ばれ、美緒はハッと顔を上げた。見ると京佳のスタッフのひとりが手を振っている。

「あ、ご、ごめんなさい……」

美緒は控室を気にしながらじりじりと後ずさる。

「すぐにスタジオに戻ります」

「じゃあ、先に行ってますね」

急いでいるのかスタッフの女性はさっさと背を向け戻って行く。

「行かなきゃ」

匠たちと顔を合わせる前に、早くここを離れたい。

動揺し思うように動かない足をひきずるようにして、美緒が足を踏み出した時。

控室のドアが開いたかと思うと、匠が顔を覗かせた。

「京佳さん？　真乃ならもう大丈夫みたいだけど……え、美緒？」

美緒の存在に気付き、匠はあまりの驚きに目を見開いている。

「どうしてここに？　今日って仕事じゃないのか？」

「あの、今日は……」

美緒は口ごもる。

後ろめたいことはなにひとつないが、思うように言葉が出てこない。

「驚いた。もしかして京佳さんに無理矢理ここに連れて来られたのか？　できるだけ早く来てくれってメッセージがあったが、そうか、美緒を連れて来たってことか」

匠はひとり納得している。

「あの、そうなんですけど……実は今日は池内さんに――」

「池内って、真乃？」

匠は真乃の名前を聞いた途端、顔色を変えた。

「美緒がどうして真乃に？」

「それは、あの」

美緒は言葉を詰まらせた。

匠は真乃のＣＭ衣装を美緒が手掛けたことをまだ知らされていないようだが、自分の口から伝えていいものか判断できない。

すると控室から小さな物音が聞こえ、匠は控室に顔を向けた。

中にいる真乃のことを、かなり気にかけている。

その瞬間、美緒は親密に顔を寄せ合っていたふたりの姿を思い出した。

「真乃さん、とても綺麗ですよね」

とっさに口から出た言葉に、美緒は慌てた。まるで真乃を羨むような拗ねた声に、自分自身が驚いている。

「中に真乃がいるって知ってるのか？」

匠は美緒を見つめ、気まずげな表情を浮かべた。

「いつからここに……いや、なんでもないんだ」

匠は口ごもり視線を泳がせている。頬は赤く、美緒の顔を見ようともしない。

ここまで慌てている匠を見るのは初めてだ。

今の匠の様子を見ても、真乃との間になにか隠し事があるのは間違いない。

あれほど睦まじげな様子を見せられたのだ、他には考えられない。

「あ、あの……私、京佳さんを探しているので、ごめんなさい」

これ以上匠の顔を見ていられず、美緒は匠に背を向け階段を駆け下りた。

勢いのままスタジオを飛び出した美緒は、途中荷物を忘れてきたことに気付き、足を止めた。

「どうしよう」

ポケットからスマホを取り出し見ると、佐山が指定した待ち合わせの時間にはまだ余裕がある。とりあえず頭を冷やそうと、さっきまで休んでいたベンチに再び腰を下ろした。

「匠さん」

目に浮かぶのは、美緒が真乃の名前を口にした途端気まずげに視線を泳がせていた匠の顔。

まるで秘密がばれたかのように慌てていた。

やっぱりなにか隠し事があるのだ。

それに気付いた途端動揺し逃げ出してしまったが、考えてみれば美緒にそんな資格はない。

自分は契約結婚の相手で、匠が誰とどう付き合おうと口を出すことはできないのだ。

それがわかっていても、匠が自分以外の女性を愛する姿を見るのはつらく、かといって十年以上想いを寄せてきた匠から離れることもできない。

ましてや結婚しふたりで過ごす幸せを知った今、簡単に諦められそうにない。

美緒はどうすることもできない感情にがっくり肩を落とし、うなだれた。

「風邪引くぞ」

不意に匠の声が聞こえたと同時に、背後からふわりとダウンコートがかけられた。

「美緒が言ってた素敵な仕事って、真乃のＣＭ衣装だったんだな」

「匠さん」

振り返ると匠が立っていた。

「それもうちの会社のＣＭの衣装だって聞いて、驚いた」

匠は美緒の隣に腰を下ろした。

「ＣＭは広報が担当しているし、忙しくて内容まで確認する余裕がなかったんだ。京佳さんが衣装を見せてくれたけど、オーバーオールっていいアイデアだな。ＣＭが流れ始めたらきっと話題になる」

「……ありがとうございます」

美緒は俯き、膝の上に置いた手を握りしめた。

単なる契約妻である自分にふたりの関係を詮索する権利はないとわかっていても、今もふたりの親しげな様子が頭に浮かび、匠の言葉を素直に受け止められない。

「真乃も気に入って、また美緒と仕事がしたいらしい。よかったな」

匠は感慨深げに呟いている。まるで自分のことのようにうれしそうだ。

もしかしたら真乃の美しさを思い出しているのかも知れない。

そんなマイナスな感情が、美緒の胸に広がっていく。

「それに美緒がオーダーメイドで仕立てたワンピースの写真も見せられたよ。女性の服はよくわからないが、センスがいい素敵な服だった。あ、プライベートでもまたお願いしたいって言ってたな」

「綺麗な人だから、私が作る服じゃなくても……なにを着ても似合うと思います」

拗ねた声が、美緒の口からこぼれ落ちる。

「私より素敵なデザイナーさんはたくさんいます。それに彼女に似合う服なら他にたくさんあります」

「美緒？」

「あっ、あの、ごめんなさい」

美緒は我に返り顔を背けた。

「なんでもないんです」

匠が真乃のことばかり話すのが苦しくて、ひねくれた言葉を口にしてしまった。

自分に匠を責める資格などないとわかっていても、それを受け止めるのは難しい。

おまけに真乃が匠と並ぶと絵のように美しく、自分は到底太刀打ちできないと思い知らされたばかりだ。これ以上、真乃のことは聞きたくない。

「真乃との対談が終わったら、出張先に戻るまで時間があるんだ。一緒に食事にでも行かないか?」

匠の期待を含んだ声に、美緒は首を横に振る。

「ごめんなさい。今日はちょっと……無理なんです」

いつもなら喜んで頷くはずの誘いにも、今は素直に喜べない。

「実はさっき電話があって、今から営業のお手伝いに行くことになったんです。大切なプレゼンで、正直力になれるかどうかわからないんですけど」

「急ぎなのか? 少しでも時間があったら」

「私じゃなくて池内さんと行ったらいいのに」

「真乃と?」

真乃のことが頭から離れない。そんな自分がもどかしくて情けない。

「あの、そろそろ行きますね。佐山君を待たせると悪いので」

腰を上げようとする美緒の言葉に、匠は顔をしかめた。

「あ、はい。何度か話したことがある後輩です。佐山君が打ち合わせでプレゼンをすることになったので、彼のサポートをしなければいけなくて」

厳しい表情を浮かべる匠を、美緒は怪訝そうに見つめる。

「確かまだ一年目だよな。もうプレゼンを任されているのか」

「かなり優秀で、先輩の私の方がいつも助けられてばかりで……佐山君がどうかしましたか？」

「……いや、なんでもない。引き留めて悪かった。仕事なら急いだ方がいいな」

匠は固い表情を消し、美緒に笑顔を向ける。

見慣れた笑顔なのにどこかぎこちないように見え、美緒はそっと視線を逸らした。

今も真乃のことでなにかを隠しているのかもしれない。

そう考えた途端、胸の奥に鋭い痛みが走った。

「そうですね、そろそろ行かないと……あ、荷物を取りに戻らなきゃ」

今はこれ以上匠の顔を見られない。美緒は立ち上がった。

「それならここにある」

美緒の手を掴み、匠は傍らに置いていたバッグを手渡した。

「佐山？」

「ありがとうございます。助かりました」

美緒は匠からバッグを受け取り軽く頭を下げた。

「この服装なので、途中でスーツかなにかを買って着替えないといけなくて。だからこのまま行きますね」

「わかった。プレゼン、頑張っておいで」

「はい。ありがとうございます。じゃあ、匠さんも気をつけて下さい」

美緒は俯いたままそう告げると、匠に背を向け駅に向かった。

佐山のプレゼンは無事に終了し、その日のうちに受注が決まった。

木島イートのプレゼンが済んでいたこともあり、美緒と佐山が帰社した早々安西物産から連絡があり、社食の運営依頼が伝えられたのだ。

「スーツを買った甲斐があったな」

ラックに吊したベージュのパンツスーツを眺めながら、美緒はホッと息を吐いた。

その後作業部屋のパソコンで、ネット販売の注文状況を確認する。

「今月も完売。ありがたいな」

受注数を限定して以来、毎月即完売が続いているだけでなく、京佳のもとにはオーダーメイドに関する問い合わせが数多く舞い込んでいると聞く。
きっかけは華耶のワンピースだが、だとしてもこの展開は想像以上。
あまりにも順調すぎて不安になるくらいだ。
「え、どうして……？」
美緒は頬に流れる涙を手の甲で拭った。
うれしいはずのこの状況に、なぜか涙がこぼれ落ちている。
美緒は力なくその場に座り込んだ。
涙の理由ならわかっている。
注文数が増え、オーダーメイドも順調だ。そしてCM衣装まで手掛けた。
匠にふさわしい自分になりたくてここまで頑張ってきたが、あとどれだけ頑張れば、
そしてなにを乗り越えれば匠に愛してもらえるのかわからなくなったのだ。
今まで匠に恋人の影は見えず、無意識のうちに安心していたのかもしれない。
だから真乃という自分には太刀打ちできない極上の女性との親密な様子は衝撃的で、
付き合いの長さというわずかな拠《よ》り所《どころ》は一瞬で打ち砕かれた。
美緒は抱えた膝に顔を埋め、ひとしきり涙を流した。
溢れるがまま涙を流しようやく落ち着いた時、作業台に置いていたスマホが立て続

けに音を立てた。

メッセージが届いたようだ。

匠からかもしれないと急いで手に取ると、京佳と匠からメッセージが届いていた。

美緒は迷った末に、まず初めに京佳のメッセージを表示させた。

【今日はお疲れ様。早速だけど、対談後の匠君の写真を送るね。この後匠君は出張先に戻ったわよ。相変わらず夫婦揃って大忙しだねー】

相変わらずなのは、京佳の方だ。通常運転の彼女にホッとする。

画面をスクロールすると、匠がスタジオの片隅で真乃と親しげに話している写真があった。よほど話が弾んでいるのか、写真越しでも笑い声が聞こえてきそうなほど、ふたりは顔をほころばせている。

すると京佳から再びメッセージが届いた。

【肝心の写真を忘れてた！　この甘い視線、蕩けそうだよね～】

「甘い視線？」

意味不明のメッセージに首を傾げ、美緒はその下に続く写真を見た。

そこにも匠が映っていた。

匠は極上の笑みを浮かべ、まっすぐなにかを見つめている。その視線の先にあるのは美緒が今回用意したＣＭの衣装だ。

トルソーにかけられた衣装を、なにかを思い出すように愛おしげに見つめている。

大切ななにかを思い浮かべているようだ。

「真乃さんのこと？」

この衣装は真乃のために仕立てたものだ。

匠はこの衣装を着た真乃を思い浮かべているのかもしれない。

「匠さん……」

美緒はどこまでも真乃を意識する自分が苦しくて、夜通しなにも手につかないまま悶々としていた。

匠side　～かみあわない想い～

結婚とプロジェクトの完結のタイミングが重なり、匠はこれまでになく忙しい毎日を過ごしていた。

バイオマス発電事業の推進と長期運用を活動の柱としたプロジェクトは今後、大手総合商社との合弁会社が引き継ぐ予定だ。

その記者発表の準備に時間を取られ、美緒との時間もゆっくり取れずにいる。

忙しいのは美緒も同じで、とくに洋服作りに割く時間が増えている。

明け方まで仕事部屋で作業を続ける夜も多く、彼女の体調が心配でならない。

匠はホテルの窓から札幌《さっぽろ》の夜景を眺めながら、ついため息を吐いた。

眼下に広がる夜景の眩しさとは逆に、匠の心はどんより曇っている。

急遽決まった明日の半日の休みに合わせて、北海道に来ないかと美緒を誘ったものの、あっさり断られたからだ。

たった半日のために、わざわざ会社を休んでまで来る気にはなれなかったのだろう。

「当たり前だよな」

自分に言い聞かせるようにそう呟くと、匠はベッドに入りタブレットを手に取った。抱えている仕事はまだまだある。

早く区切りをつけて美緒とゆっくり過ごしたい。

不意に頭に浮かぶ美緒の笑顔を振り払いながら、画面に並ぶ数字を目で追いかけた。

その後も匠の忙しさは続き、北海道から戻って数日経った今日は、長野に来ている。

さすがに疲れは隠せず、鏡を見るたび顎がシャープになっているのがわかるほどだ。

すれ違いとは言わないまでも美緒と過ごせる時間は限られていて、互いの状況を共有できない毎日だ。

最近も美緒が言うには〝素敵なお仕事〟という、今は情報解禁前の仕事を引き受けたらしく、匠にはいっさいの情報を口にしなかった。

それはそれでもちろん応援したいが、正直寂しくて仕方がない。

せめて美緒を胸に抱いて眠れば少しは落ち着くはずだが、この状況では難しそうだ。

「今が踏ん張り時ってことか」

匠は気を取り直し、カップに残っていたコーヒーを飲み干した。

これから長野工場の工場長との打ち合わせだ。まずはそこに集中しなければ。

匠は昼食を終えたトレイを手に、腰を上げようとした。

するとその時胸ポケットに入れていたスマホが震えた。画面を見ると、表示されている名前は池内真乃。

モデルとして活躍している彼女とは滅多に会う機会はなく、メッセージのやり取りすら長い間していない。

なにかあったのかと電話に出る。

《匠君が忙しいのはわかってるんだけど、雑誌で私との対談企画が出ていてね、よかったら、というか絶対に受けてほしいの。明日の午後ってどうかな》

挨拶も前置きもなく、真乃の急いた声が聞こえてきた。

「明日？　急すぎないか？　今長野だから無理だし、第一真乃と対談ってどういうことなんだ？」

対談しろと言われても、大学時代の思い出話に花を咲かせるのが目に見えている。

《匠君、この間テレビの再生可能エネルギー特集で取材を受けてたでしょう？　期待の若手旗振り役って言われてカッコよかった。たまたま見ていた編集部の人が匠君のファンになっちゃったのよ。大学の同級生だって話したら是非対談しましょうなんて言い出して。私のスケジュールが明日しかないから、来てほしいんだけど》

「無理だな。明日も長野で仕事。大学時代の思い出話をしてる時間はないな」

そんな時間があるなら少しでも仕事を進めて美緒と過ごしたい。

「これから打ち合わせだから、悪いけど切るぞ」

《あ、ちょっと待って。結婚祝いだと思って来てよ》

「え？」

匠は通話を切ろうとしていた手を慌てて止めた。

「結婚？　え、決まったのか？」

《おかげさまで。私も隼人《はやと》も本当にお世話になりました》

それまでの明るい声から一変した神妙な真乃の声に、匠は目元を緩めた。


翌日、仕事の調整を終えた匠は真乃との対談に向かった。

正直気は進まないが、大学時代の同級生であり今ではＩＴ企業の社長として知られている隼人と真乃が結婚すると聞いて、真乃の依頼を引き受けようと考えたのだ。

匠は真乃と隼人がそれぞれの世界で芽が出ず苦労していた時から資金面だけでなく人脈面でもサポートを続け、結果ふたりとも成功をおさめている。

ふたりの不遇時代を知る匠にとってふたりの結婚は感慨深く、結婚祝いと言われれば断れない。依頼に応えようと決めたのだ。

「え、匠君も結婚したの？　聞いてないわよ」

「悪い。婚姻届を出しただけで、どこにもまだ報告してないんだ。それより声が大きい。俺はいいが、真乃の結婚の話が聞かれたらまずいだろ」

匠は控室のドアをチラリと見やる。

たまたま真乃とふたりきりになり、誤解を招くとまずいのでストッパーでドアを少し開けているのだ。

マスコミの出入りも可能なので、用心しておいた方がいい。

真乃の結婚が決まった今は、なおさらだ。

「で、相手は誰なの？　いつまでも告白できずにいた女の子のことは諦めたの？　たしか高校の頃からだよね」

「諦めてない。と言うか、ずっと好きだった、告白できずにいた女の子と結婚した」

「嘘っ。純愛だね。おめでとう。私と隼人より早く結婚するとは思わなかった。ねえ、結婚して幸せ？」

からかい交じりの真乃の問いに、匠は迷いなく頷いた。

「生まれてきてよかったと思えるくらい幸せだ」

真顔で答える匠を、真乃はぽかんと見つめた。

「も、もう。私と隼人より幸せそうで悔しい」

「だから声に気をつけろ。スポンサーへの根回しが終わってないってマネージャーがぶつぶつ言ってたぞ」

匠は真乃の耳に顔を寄せ、小声で言い聞かせた。

「ごめんね。だってうれしくて。私たちだけ幸せになって申し訳ないねって隼人と言ってたから。本当にうれしい」

真乃は今度こそ声を潜め、匠の耳に囁いた。

「そういえば、隼人から預かってるものがあって……えっ」

「真乃っ？」

立ち上がった途端バランスを崩した真乃を、匠の手が伸び抱き留めた。

「大丈夫か？」

「うん。大丈夫。ごめんね。実はハイヒールって苦手なの」

「だったら気をつけろ。モデルは身体が資本だろ」

匠は苦笑いを浮かべると、ドレスに気を配りながら慎重に彼女の身体を引き離した。

すると部屋の外から京佳の名前を呼ぶ声が聞こえてきた。

「京佳さんが来たみたいだな」

対談のセッティングが終わって、呼びに来たのだろう。

匠は部屋の外を覗いた。

「京佳さん？　真乃ならもう大丈夫みたいだけど……え、美緒？」

ドアを開いた途端美緒の姿が目に入り、匠は目を見開いた。

「どうしてここに？　今日って仕事じゃないのか？」

「あの、今日は……」

美緒は固い表情を浮かべ、口ごもる。

その様子に違和感を感じるが、昨日も徹夜で疲れているのかもしれない。

「驚いた。もしかして京佳さんに無理矢理ここに連れて来られたのか？　できるだけ早く来てくれってメッセージがあったが、そうか、美緒を連れて来たってことか」

京佳ならやりそうだと、匠は眉を寄せた。

「あの……そうなんですけど……実は今日は池内さんに――」

「池内って、真乃？」

匠は真乃の名前を聞き、ハッとする。

もしも真乃がここに美緒がいると知れば、根掘り葉掘り聞いてくるはずだ。ただでさえ婚約したばかりで気もそぞろ。なにを言い出すかわからない。

ひとまずこの場を離れた方がいいかもしれない。

それにしても。

「美緒がどうして真乃に……？」

ふたりに接点などないはずだ。

「それは、あの……」

美緒は言葉を詰まらせた。

すると控室から小さな物音が聞こえ、匠は控室に顔を向けた。

彼女に顔を出されるのはまずい。

匠は顔をしかめた。

「真乃さん、とても綺麗ですよね……」

「中に真乃がいるって知ってるのか……？」

ドアが開いていたことを考えれば、それはあり得そうだ。

匠は再び控室に視線を向け、気まずげな表情を浮かべた。

ふたりの会話を聞かれないようにと顔を寄せ合い話していたが、まさか美緒に見られていたのだろうか。

〝生まれてきてよかったと思えるくらい幸せだ〟

美緒に聞かれたかも知れない。

そう考えた途端、照れくささで体が熱くなる。

「いつからここに……いや、なんでもないんだ」

匠は居心地の悪さに視線を泳がせた。

ここまで慌てるのは初めてだ。

「あ、あの……私、京佳さんを探しているので……ごめんなさい」

美緒は一度も視線を合わせないままそう言って、階段を駆け下りていった。

ふたりで幸せになろう

安西物産へのプレゼンの翌日、美緒は契約内容をまとめた資料作りに取りかかっていた。

正式契約前の内容確認の意味があり、数字ひとつ間違えられない気を使う作業だ。

「おはようございます。昨日はお疲れ様でした」

背後からの声に振り向くと、佐山が立っていた。

「お疲れ様。今安西物産の契約前資料を作ってるから、後で見てもらえる?」

「はい。早速ありがとうございます」

佐山は軽く頭を下げ席に着いた。

「そういえば、契約が取れたお祝いに今回のプレゼンチームのメンバーでご飯に行こうって話が出ていて、今日ですけどどうですか? お礼も兼ねて白川さんのお代は俺が出しますよ」

「今日?」

美緒は作業の手を休め、佐山を見やる。

「ご飯はもちろんいいけど、お礼なんて気にしないで。契約が取れて私もうれしいし」

昨日のことはあくまでも仕事だ。それに後輩におごってもらうのは申し訳ない。

「白川さんならそう言うと思ってましたけど、せっかくの休みを邪魔したんで、お詫びの意味でおごらせて下さい。店も予約しておきました」

「休みのことも気にしなくていいよ。有給ならまだ残ってるから大丈夫」

契約がかかった大切な場面だったのだ、佐山が気を使う必要はない。

「この店なんです」

佐山は美緒の言葉を聞き流すと、手元のタブレットを操作し美緒の前にかざした。

「今回の契約は白川さんが用意してくれた資料のおかげで取れたんです。だから気にせずおごられて下さい。ちなみにこのコースを予約しておきました。神戸《こうべ》牛特上コース。魅力的ですよね」

「神戸牛……確かに魅力的」

普段の優秀な仕事ぶりがわかる佐山のそつのない事前準備に、美緒は苦笑した。

「皆んなで食事って久しぶりだね。でも、私のお代は私に払わせてね」

佐山は「それは要相談ということで」と言い残し、席に戻る。

「とにかく、昨日は本当にありがとうございました。感謝してます」

「感謝なんて大袈裟だよ。でも、とにかくよかった」

「なので今日は残業なしでお願いしますね」

佐山は念を押し、パソコンに向かった。

「そういえば、日高製紙のHPって見ました？」

「ううん。見てないけど」

「池内真乃が日高製紙のCMに出るみたいですね。その効果で株価がストップ高だって昨日のニュースでやってましたよ。この間お世話になったし気になりますよね」

「そうだね」

不意打ちの日高製紙の話題にドキリとする。

頭に浮かぶのは、匠の顔だ。昨日から何度か電話が入りメッセージも届いているが、真乃とのことを聞くのが怖くて返事はしていない。

もしも匠が美緒との契約結婚を無効にして、真乃との将来を選んだら。

そう考えるだけで、落ち着いていられなくなる。

十年以上の片想いの後、契約結婚だとしても匠と肌を重ねる喜びを知った今、離れるなんて考えられない。

だからといって自分に匠の幸せを奪う権利などないこともわかっている。

もしも匠が真乃を選んだら、自分はどうすればいいのだろう。

昨日から繰り返し考えては悩み、今も答えを出せずにいる。

「記者発表で話題のイケメン御曹司、池内真乃とお似合いだってSNSで盛り上がってるって知ってます？　今注目の日高製紙、これを生かさない手はないですよね。受注に絶対有利ですし、定期的に現場案内をお願いできるか聞いておきます」

「うん、よろしく」

まさか会社でも匠と真乃の話を耳にするとは思わず、美緒はどうにか笑顔をつくり答えた。

終業時刻を過ぎ、急いで帰り支度を済ませた美緒は、佐山と揃って会社を出た。

急遽入った打ち合わせが長引き、予定より出遅れてしまった。美緒と佐山以外のメンバーたちは、先に店に行っている。

佐山が予約した店は、偶然にも日高製紙から徒歩圏内にあるらしい。

「日高製紙の和田さんから返事がありましたよ。三カ月に一度程度なら現場案内ＯＫだそうです」

駅に向かって歩きながら、佐山が声を弾ませた。

「相変わらず仕事が早いね」

新入社員とは思えない仕事ぶりだ。

「どうせなら効率よく全力でやりたいんですよね。その方が結果もついてくるし」

「なるほど。私も見習わなきゃ」

けれどそれが簡単でないことは、佐山の仕事ぶりを隣で見ていればよくわかる。結果を出すためにこっそり努力していることを、実は知っているのだ。

「資料作りとか営業のサポートとかしかできないけど、全力でお手伝いするから言ってね。お礼は神戸牛でいいよ」

佐山の顔を見上げ、美緒は冗談交じりにそう言って笑った。

「あ、飛騨《ひだ》牛でもいいかな」

「はいはい。リクエストいつでも待ってます」

佐山はさらりと受け流すと不意に表情を変え、美緒の腕を素早く掴み引き寄せた。

「えっ、ちょっと……佐山君？　どうしたの」

慌てて体勢を整え佐山の視線をたどると、自転車が猛スピードで遠ざかっていくのが見えた。

「大丈夫ですか？　神戸牛か飛騨牛かどころじゃなかったですね。もう少しでぶつかりそうでしたよ」

佐山は苦笑し、肩を竦めた。

「ありがとう。ぼんやりしていたみたいで、ごめんね。佐山君こそ大丈夫？」

話に気を取られ、自転車が近付いていたことに気付かなかった。

「大丈夫です。俺の彼女も気が強いわりにぼんやりしていて、慣れてます――」

「美緒？」

不意に馴染みのある声が聞こえたかと思うと、美緒は腰に回された手に強引に引き寄せられた。

「な、なに……え、匠さん？」

振り返ると匠が美緒の腰を抱き、美緒と佐山に訝かしげな視線を向けている。

美緒はあまりの驚きに目を見開いた。匠の帰りは明日のはずだ。

「こちらは？」

匠は美緒の驚きにそ知らぬ顔で尋ねると、佐山を見据え薄い笑みを浮かべた。

「ふたりで楽しそうに話していたようだが、私の妻がどうかしましたか？」

紳士的な物腰ながらも匠の眼光は鋭く、迫力がある。

気のせいだろうか。笑顔の奥に凄みのようななにかを感じて、美緒は目を瞬かせた。

「妻？」

一瞬の間を置き、佐山はぽかんと呟いた。

「あの、佐山君、それは――」

「妻と食事でもと思って迎えに来たが、ふたりでなにか予定でも？」

戸惑う美緒の言葉を視線で遮り、匠は佐山に向かって艶然と微笑んだ。

きゅっと結ばれた唇から、苛立ちに似た強い意思を感じた。

「違うんです。自転車にぶつかりそうになったところを佐山君が助けてくれて――」

「白川さんそうなんですか？　俺白川さんが結婚したって話、聞いてませんよ」

佐山は目を見張り、声をあげた。

「だったらさっきも例のＳＮＳの話題をそのまま信じて、恥ずかしいじゃないですか。それにすみません」

佐山は匠に向かって申し訳なさそうに腰を折る。

「愛する人が男とふたりでいるところを見て、いい気分じゃなかったですよね。僕も恋人がいるんですけど、平気な振りをするには気力が必要だってわかります。白川さんも言ってくれたらよかったのに」

佐山はひとり盛り上がり、話し続けている。

「あの、それは……えっと」

美緒はどこまで答えていいのかわからず、困ったように匠を見上げた。

匠は微かに口角を上げ、佐山に向かってゆっくりと口を開いた。

「妻がいつもお世話になっているようですね」

「いえ、僕の方こそ、白川さんには研修の時からお世話になってます」

佐山はそれまでのくだけた表情をあっという間に引き締めた。

「箕輪デリサービスの佐山と申します。日高製紙様には当社の営業活動にご協力いただき感謝しています。今後ともよろしくお願いします」

佐山は営業活動そのままの身のこなしで、深く頭を下げた。

「あ、ああ」

匠は一瞬戸惑い口ごもるものの、すぐに表情を整え美緒を抱いていた手を解いた。

「こちらこそお世話になっております。日高製紙の日高です」

匠は胸ポケットから取り出した名刺を佐山に手渡した。

「ありがとうございます」

佐山も嬉々として自身の名刺を匠に差し出した。

「佐山さんのことは、優秀な営業だと妻から聞いています」

匠はそれまでの固い表情を消し、穏やかに佐山に話しかける。

「営業面では多少は優秀だと自負していますが」

佐山はチラリと美緒に視線を向けると、面白がるような笑みを浮かべた。

「状況確認のスキルはまだまだみたいですね。白川さんが日高製紙の次期社長夫人だとは、まったく気付きませんでした」

美緒は目の前で両手を合わせた。

「会社の皆んなには結婚式の前に話すつもりなんだけど、本当にごめん」

「いいですよ。それより名刺をいただいたので、満足です」

佐山は匠の名刺を胸元に掲げた。

「これを和田さんに見せて、現場案内の頻度を上げてもらえるように交渉してみます」

「なにを言ってるの」

この状況でも営業活動に前向きな佐山に、美緒は苦笑する。

「じゃあ、僕はこれで失礼します。皆んなには適当に言っておくんで、白川さんは旦那様とふたりで食事を楽しんで下さい」

「でも、それじゃ……」

美緒は口ごもる。せっかくの佐山の祝いの席だ、参加したい気持ちに嘘はないが、匠と一緒にいたい気持ちの方が強い。

佐山はクスリと笑う。

「いいですよ。この先まだ契約を取るつもりなんで、その時にお祝いして下さい。じゃあ、行きますね。あ、そうだ」

佐山は意味ありげにニヤリと笑うと、素早く美緒の耳に顔を寄せ囁いた。

「白川さん、相当愛されてますよね。俺、旦那様の気持ち、ビシビシ感じましたよ」

「な、なにを言って」

「では、失礼します」

佐山は笑いをこらえながらそう言い残し、駅に向かって去って行った。


「神戸牛、ちょっと残念です」

帰宅後入浴を終えた美緒は、リビングのローテーブルにコーヒーカップを並べ、ぎこちなく笑った。

匠の隣に腰を下ろしたものの落ち着かず、顔を見ることもできない。

〝白川さん、相当愛されてますよね〟

佐山が言い残した言葉が頭から離れず、そわそわしてしまうのだ。

状況を冷静に判断できる第三者、それも人を見る目が確かな佐山の言葉だ。素直に受け取ってもいいのかもしれないと、つい自分に都合がいいように考えそうになる。

本当に匠から愛されているのなら、どれほど幸せだろう。

けれど同時に頭に浮かぶのは、真乃と親しげに過ごしていた匠の笑顔だ。

幸せそうに目を細め、これまで見たことがないほど優しい表情を浮かべていた。

佐山の言葉が正しいとすれば、あれは見間違いだったということだろうか。

複雑な気持ちで隣に視線を向けると、コーヒーを口に運ぶ匠と目が合った。

「どうした？」

「いえ、なんでも」

美緒は慌てて目を逸らした。今までになく匠を意識してしまい、声も上ずっている。

「それほど神戸牛が食べたかった？　楽しみにしていたのに、ごめん」

「いえ、そんなことないです。でも神戸牛は確かに魅力的ですよね。佐山君たちおいしい神戸牛を食べたんでしょうね。大きな契約が取れた後なので、お酒も進んだはずです」

気持ちを切り替えたくて、美緒は明るい声で言葉を続けた。

「佐山君、お酒に強いんです。場を盛り上げてくれるので取引先との席に駆り出されることも多いし、皆んなに好かれて本当に頼りになるんです。もちろん仕事も——」

「美緒」

匠の固い声に、美緒は口をつぐんだ。

「悪い。他の男の話は、今はもういいだろ」

「そうですね」

語気の強さに圧され、美緒はしゅんと俯く。

「いや、そうじゃないんだ」

匠は力なく首を横に振ると、天井を見上げ手で顔を隠した。

「匠さん？　ごめんなさい。佐山君の話なんて興味なかったですよね」

美緒はそう声をかけ、おずおずと匠の顔を覗き込んだ。大きな手で隠されているせいで表情が見えず不安になる。

「美緒、違う」

匠は手を下ろし、美緒に視線を向けた。

「単なる嫉妬だ。情けないな」

「嫉妬？」

匠は気まずげに美緒に向き合った。

「美緒の口から俺以外の男の名前が出ると余裕がなくなるし、最近は佐山君の名前を聞くたび、嫉妬してたよ」

「まさか」

美緒は呆然と匠を見つめる。

「こんな俺、カッコ悪いよな。美緒の過去を知っているのは俺だけだと安心して、美緒が俺を好きになるまで待つと決めていたが、美緒の口から他の男の名前が出るようになったらもう……」

匠は自嘲気味に笑い、なにかを振り切るように頭を横に振る。

「それは……嘘、ですよね」

美緒は目を丸め、呟いた。

「嘘じゃない。昨日も本当は佐山君のところに行かせたくなかった。仕事だとわかっていても、だ」

「佐山君とは別になにも――」

「好きだ」

匠は力強い声でそう言うと、美緒の身体を抱き上げ膝の上に静かに下ろした。

「美緒が好きなんだ」

「嘘……でも、だったらどうして」

熱がこもった言葉に、美緒は小さく首を横に振る。

好きだと言われて心は沸き立ち期待しそうになるが、同時に真乃のことが頭に浮かんで素直に喜べない。

「真乃さんは？　匠さんは真乃さんのことが好きなんですよね」

「え、真乃？」

匠は眉を寄せた。

「真乃がどうかしたのか？」

「それは、だって……」

真乃と親密そうに笑い合っていた匠を思い出し、美緒は顔をしかめた。

「昨日、匠さんと真乃さん、すごく親密で楽しそうに話していて。でも私の前では気まずそうにしていたから、真乃さんのことが好きなんだと思って」

自分は単なる契約妻だと思い知らされたようで、苦しかった。

「あれは……ただ」

匠は口ごもり視線を泳がせた。

「誤解させたなら、悪かった。ただ、真乃から質問攻めにされていたのを聞かれたと思って気まずかった。それだけだ」

ばつが悪そうに話す匠に、美緒は首を傾げた。

「質問攻め？」

「ああ。昔から俺に好きな相手がいることは仲間内には知られていたんだ。あの日その相手と結婚したって言ったら最後、色々聞かれて」

「好きな相手っていったい――」

「美緒しかいない」

匠は美緒をまっすぐ見つめ、きっぱりと答えた。

「あの時、真乃から結婚して幸せかと聞かれて、生まれてきてよかったと思えるくらい幸せだと答えた。それを聞かれたと思って照れていただけだ。もちろん真乃とはなにもないし、これからもそうだ」

「嘘……」

美緒の身体から、力が抜けていく。

夜も眠れないほど悩んだというのに結局は単なる勘違いで、匠を信じて聞けばよかっただけの話だ。

「美緒は十年以上想い続けてようやく結婚できた、最愛の妻だ。美緒以外誰も愛するつもりはないし、手放すつもりもない」

匠の毅然とした声は確信に満ちていて、嘘や冗談を言っているとは思えない。

「匠さん」

思いがけない言葉に心が震え、目の奥が熱くなる。

なにか答えるべきだとわかっていても、うまく言葉が出てこない。

「美緒だけを愛してる」

美緒はハッと両手を口に当てた。

「愛してるって……」

夢の中でさえ言われたことのない言葉を、今確かに聞いた。

「本当に?」

「ああ。今まで言えずにいたが、さっき佐山君とふたりでいるのを見て美緒を失うかもしれないと思ったら、言わずにはいられなかった」

匠は愛おしげに美緒を見つめ、その瞳には甘い光が滲んでいる。

「私も匠さんを——」

胸に熱い想いが込み上げてきて、美緒はたまらず匠にしがみつき強く抱きしめた。

「お、おい」

匠は美緒を受け止め背後のソファに身体を預けた。

「私も、匠さんを愛してます。もう、ずっと前から」

一生伝えることはないと諦めていた想いが、美緒の口からこぼれ落ちる。

「中学の時からずっと、匠さんが好きなんです」

「美緒……っ」

匠が息を詰めた気配を感じ、美緒は涙で潤んだ目を向けた。

「俺も十年以上美緒を見つめてきた。初めは真面目で素直なかわいい後輩で、一緒にいるのが心地いい……ただそう思ってた。だが、美緒から学園をやめて長野に行くかもしれないと聞かされた時、美緒のことが好きだと気付いたんだ」

「嘘……だって、全然そんなこと言ってなかった」

匠は先輩としての態度を崩さず、適度な距離を取って美緒に接していた。好かれていると感じたことは一度もない。

匠はわずかに顔を歪めた。

「子どもの頃のことで男が苦手な美緒を苦しめたくなかったんだ。だから先輩としてそばにいて、いつか美緒が俺を好きになるのを待とうと決めたんだ」

「そんな……」

美緒が学園に残ると決めた理由は、匠と離れたくなかったからだ。あの時からずっと、匠のことが好きで、他の誰も見えなかった。

「私、あの時にはもうとっくに匠さんのことが好きでした」

「美緒……」

匠はゆっくりと表情をほころばせ、美緒を抱きしめた。

「あの時も今も、美緒だけを愛してる。もちろんこれからも」

混乱する美緒を愛おしむように、匠は美緒の背中を優しく撫でている。

繊細な動きから匠の一途な想いが伝わってきて、美緒はさらに強く匠にしがみつく。

「私も匠さんのことをずっと愛してます。だから結婚したんです。匠さんじゃなきゃ嫌だったから」

十年以上胸の奥に積もり続けた感情が、次々と弾け出る。

「美緒」

匠は愛おしげに囁くと、美緒の身体を優しく引き離した。

「俺も美緒じゃなきゃ結婚するつもりはなかったよ。最初からそう言えばよかったな。愛しているから結婚しよう。そう言えば、美緒を泣かせずに済んだのに」

悔しげにそう言って、匠は美緒の頬に流れる涙を指先で拭う。

「これからは、何度でも言う。美緒以外誰もいらない。愛してるよ」

匠は熱がこもった声でそう囁くと、美緒を抱きしめ口づけた。


週明けの情報番組は、池内真乃の結婚の話題でもちきりだ。

これまで浮いた話ひとつなかった彼女の突然の結婚は、業界関係者だけでなく多くの人々を驚かせ、それに関するタグがSNSのトレンド上位を席巻《せっけん》している。

昨夜京佳から真乃が結婚したと伝えられた時、美緒も声を失うほど驚いた。

真乃の結婚相手は学生時代から付き合っている、同い年の実業家だそうだ。さらに驚くことに、匠の大学時代の友人だ。

匠は、起業し苦労を続ける友人と、モデルとして厳しい世界で努力を重ねる真乃になにかと力を貸し、サポートしていたそうだ。

京佳が真乃の衣装を担当するようになったのも、まだ無名だった真乃に飛躍するきっかけを与えてほしいと匠に頭を下げられたことがきっかけらしい。

「真乃の旦那から電話があったけど、早速マタニティ関係のCMの話がきてるらしい。売れっ子はなにがあっても売れっ子だな」

肩を竦め笑う匠に、美緒も頷いた。

「さすが真乃さんですね。今日仕事の後でお祝いを買いに行こうと思ってるんですけど、なにを贈ればいいのかわからなくて」

真乃なら欲しいものがあれば自分で手に入れているはずで、結婚祝いになにがふさわしいのかピンとこないのだ。

「今日は無理だろ。もしかして忘れてるのか？」

匠から不機嫌な声が返ってきた。

「無理って、あっ」

「思い出した？　せっかく予約が取れたんだ、遅れずに来てくれよ」

匠はあきれ顔で念を押す。

今夜は以前佐山のお祝いで行くはずだった神戸牛の店で、匠と食事をする予定だ。

互いの素直な想いを伝え合った翌日に、匠が予約を入れてくれた。

それから一週間、美緒は匠との新婚生活を心から楽しんでいる。幸せすぎて夢かもしれないと、不安になるほどだ。

「ちゃんと遅れずに行きますから安心していて下さい。日高製紙の近くのカフェで待っていればいいんですよね」

「ああ。先に行って待ってるよ。楽しみだな」

「はい。念願の神戸牛、それも特上コース。お昼は少し控えめにしておきます」

「よっぽど楽しみにしてたんだな。その割に忘れていたみたいだけど」

匠は大袈裟に顔をしかめ、美緒の頭をぽんと叩いた。

「そんなことないですよ。真乃さんの結婚に驚いてちょっと抜けていただけですから」

「ちょっと、だといいが」

匠は喉の奥でくっくと笑い、ソファの上に置いていたビジネスバッグを手に取った。

「じゃあ、先に出るよ。美緒も遅れないようにな」

匠は玄関に向かい、美緒が磨き上げた革靴に足を通した。

ＳＮＳの動画で磨き方のコツを学んだおかげで匠の足もとはピカピカだ。

「今日も光ってるな。忙しいのに毎朝ありがとう」

うれしそうにそう言って、匠は腰を折り美緒に口づけた。

「行ってきます」

「行ってらっしゃい。気をつけて下さいね」

美緒はそう声をかけ、匠の胸元に手を伸ばしてネクタイを整える。

想いが通じ合って以来始めた毎朝のルーティンだ。

匠の靴をピカピカにしてネクタイを整える。

妻としてのこの特権のおかげで、その日一日幸せな気持ちで過ごせている。

「美緒も気をつけて。じゃあ、夕方待ってる」

「はい。急いで行くので待っていて下さい」

「来るまで待ってるから、急がなくていい。事故にでも遭ったら泣く自信がある」

「ふふっ。わかりました。匠さんを泣かせたくないので、ゆっくり急いで行きますね」

「ん。行ってくる」

匠は美緒の額に軽くキスを落とすと、軽く手を振り出て行った。

「私も準備しなきゃ」

美緒は急いで朝食の後片付けを済ませると、匠が似合うと褒めてくれたワンピースを着て会社に向かった。


「まだ来てないのかな」

待ち合わせのカフェに着き店内を見回したが、匠の姿はどこにも見えなかった。

時計を見るともうすぐ待ち合わせの十八時。

まだ時間はあるが、いつも美緒よりも早く来ているのに珍しい。

美緒は窓際の席に座り、コーヒーを飲みながら匠を待つことにした。

これから行くのは神戸牛の専門店で、食通が足繁《あししげ》く通う名店らしい。

評判の高さも今日の楽しみのひとつだが、それよりも匠とふたりで美味しい食事を味わえるのが、なにより楽しみだ。

正直なところ、神戸牛でも飛騨牛でもどちらでも構わない。匠とふたりで笑い合い、楽しく過ごせればそれで十分なのだ。

「忙しいのかな」

十八時を過ぎても姿を見せない匠を待ちながら、美緒は何度もスマホの画面を確認する。

カフェで待っているとメッセージを送ったが未読のまま。電話もかかってこない。

最近仕事は落ち着いているようだが、トラブルでも起きたのかもしれない。

するとその時、スマホに登録していない番号から電話がかかってきた。

「もしもし」

《日高美緒さんでしょうか。こちら海浜総合病院《かいひんそうごうびょういん》救命救急です》

病院と聞いて、美緒は胸騒ぎを覚えた。

「は、はい日高です、日高美緒です。あの、なにか」

《日高匠さんが事故に遭われてこちらに搬送されました。今すぐ来ていただけますか？》

「え……」

美緒は一瞬気が遠くなり、頭の中が真っ白になった。

《日高さん、聞こえますか》

スマホの向こうから険しい声が聞こえてきて、美緒はスマホを握りしめた。

「あの、事故って大丈夫なんですか？　意識はあるんですか」

美緒は祈るような声で問いかけた。心臓がばくばく音を立てていて、自分の声すら聞き取りにくい。

《意識はあります。治療のこともありますので、来ていただけますか？》

「は、はい。すぐに行きます。もちろんです」

美緒は電話を終えるなり店を出ると、大通りでタクシーに乗り込んだ。

病院に駆けつけた美緒は、救命救急に案内され待合で待つように言われた。

匠は今処置室にいて、治療にもうしばらく時間がかかるそうだ。

看護師の話では命に別状はないらしいが、詳しい容態は聞けなかった。

「匠さん」

美緒は長椅子に腰かけギュッと唇をかみしめた。

《来るまで待ってるから、急がなくていい。事故にでも遭ったら泣く自信がある》

今朝匠が家を出る前に美緒に言った言葉を思い出す。

匠は学生の頃から今までずっと、変わらず美緒を心配し、見守ってくれている。

美緒が悲しまないよう、苦しまないよう、いつも。

今朝も美緒が焦って怪我をしたり、事故に遭わないようにと心配していた。

なのに匠の方が事故に遭い怪我をした。

「来るまで待ってるって言ってたのに……」

美緒は今にもこぼれ落ちそうな涙をぐっとこらえ、無事でありますようにと祈った。

それからしばらくすると、処置室から看護師が出て来た。

「処置が終わりましたので、どうぞ」

「はい」

美緒は看護師の後を追って、処置室に足を踏み入れた。

処置室にはカーテンで仕切られたブースがあり、匠は最奥のベッドに腰かけていた。

「匠さんっ」

美緒は匠のもとに駆け寄った。

「大丈夫ですか？」

美緒はベッドの横に膝をつくと、匠の身体を慎重に確認する。

ワイシャツの袖をまくり上げ腕にいくつかのガーゼが貼られているが、見たところ大きな怪我はなく、出血している箇所も見当たらない。

「痛むところとか、あ、歩けますか？」

「大丈夫。肩を少し痛めただけで歩けるし、なんともない」

「……よかった」

美緒はホッと胸をなで下ろした。

ここに来るまで心配でたまらず生きた心地がしなかったが、ようやく全身に血が流れ始めたような気がする。

「大丈夫。擦り傷と軽い打撲程度だからそのうち治る。なんなら一週間の出張にも行けそうだし」

「そんな冗談、やめて下さい」

美緒は声を荒らげ、匠をまっすぐ見つめた。

「私が事故に遭ったら泣く自信があるって言っていた人が、私を泣かせないで下さい。匠さんにもしものことがあったらってそればっかり考えて……匠さんと会えなくなったら、私……泣くどころじゃないです」

「ごめん。俺が美緒を泣かせてどうするんだよな」

匠は美緒の頭に手を置くと、苦しげに眉を寄せた。

「悪かった。もうこんなことがないように気をつけるから、泣かないでくれ」

「……絶対ですからね」

美緒は手の甲で涙を拭いながら、匠をチラリと睨んだ。

「わかってるよ」

匠は美緒の手を取り神妙な顔で答えると。

「本当に、ごめん」

美緒の手の甲に口づけた。

それから数日、匠は頭を打ちつけたので念のため入院して検査を受けていたが、経過は良好で問題ないと診断され無事に退院することができた。

匠は車道に飛び出した三歳の子どもを助けようとして事故に遭っていた。赤信号を無視して向かってくる車から子どもを抱き上げ、そのまま歩道に飛び込んだそうだ。

事故から数日後、助けた子どもの両親が礼に訪れ、美緒はそのことを知った。

『あの子に怪我がなくてよかった。怖かったはずなのに泣かない強い子で、驚いたよ』

タイミングが悪ければ命を落としていたというのに、子どもの無事を喜ぶばかりの匠に、美緒は無茶はしないでほしいと切々と訴えた。

けれどこの先同じことがあればきっと、匠は同じように動くはずだ。

そんな匠のことを、美緒は今まで以上に愛おしく思うようになっている。

「お待たせしました。美味しそうにできましたよ」

美緒は大きな鍋をダイニングテーブルの上に置いた。

鍋の中はぐつぐつ音を立てていて、トマトソースがなじんだロールキャベツが隙間なく並んでいる。

「今日も美味しそうだな」

匠がサラダを両手に鍋の中を覗き込んだ。

「朝から煮込んだ自信作です。たっぷり召し上がって下さい」

「だけどよかったのか？　俺は美緒のロールキャベツが好きだからいいが、せっかくの美緒のお祝いだからどこか店を予約して食べに行ってもよかったのに」

少し残念そうに、匠はサラダをテーブルに並べている。

「いいんです。この間神戸牛のリベンジを済ませたばかりだし、ふたりでゆっくりしたかったから、気にしないで下さい」

匠が交通事故に遭い、当然ながら予約をしていた神戸牛はお預けになった。匠の体調に変化がないのを確認してすぐに予約を取り直し、先週ふたりでようやく神戸牛を堪能できた。評判通りの美味しさで、近いうちにまた行こうとふたりで話している。

「ワインは赤ですか？　お兄ちゃんのワインが選び放題ですよ」

美緒は楽しげにワインセラーを覗き込む。

妊娠中でアルコール禁止の千咲に付き合い、悠真も飲酒を控えている。

なのでストックされていた大量のワインが、最近この家に運ばれてきたのだ。

「悠真さんがお勧めって言ってた……ああ、これがいい。お祝いにはピッタリだな」

匠は美緒の背後から手を伸ばし、お目当てのワインを取り出した。

それはフランス産の掘り出し物らしく、樽やフルーツの香りが楽しめる悠真のお気に入りだそうだ。

今日は美緒が製作した真乃のＣＭ衣装が好評で、正式に第二弾のオファーを受けたお祝いだ。

もちろん純粋に美緒の実力が認められた結果で、オファーに匠の意向は反映されていない。

「あのワイン好きのふたりがきっぱり飲むのをやめるって信じられないんですよね」

「よっぽど赤ちゃんが生まれるのが楽しみなんだよ」

匠は腰を折り美緒に軽く口づけた。

「俺も悠真さんに続くのは確実だろうな。ワインは今のうちに楽しんでおこう」

「お兄ちゃんに続く?」

わけがわからず匠を見ると、意味ありげな視線が返ってくる。

「なんのことですか……あ、それは、えっと……」

美緒は照れくささにあわあわする。匠は美緒が妊娠した時の話をしているのだ。

「照れなくていいだろ。俺にベッドであれだけ愛されてるんだ。俺たちにもワインをやめるタイミングが来てもおかしくない」

匠はそう言ってワインを掲げると、空いている手で美緒の肩を抱いた。

「だけど結婚してここまで幸せになるとは思ってなかったな」

「そ、そうですね」

美緒は照れくささに顔を赤らめた。

気持ちを伝え合ってからというもの、匠はそれまで抑えていた感情を解放するように、自分の気持ちを口にするようになった。

「あの神戸牛も絶品だったけど、美緒のロールキャベツの方が俺には極上の一品ってとこだな」

今も美緒の肩を抱きテーブルに足を進めながら、平然と呟いている。

美緒が隣で顔を赤くしていることなど知る気配もなく。

「俺がコーヒーを淹れるよ」

食後の片付けをひととおり終えた美緒に、匠が声をかける。

「お願いしてもいいですか？　匠さんが淹れるコーヒー、美味しくて好きなんです」

その都度豆を挽《ひ》いて丁寧に淹れる匠のコーヒーは、美緒にとっての極上の一品だ。

「美緒は先に風呂に入ったらどうだ？　その間に淹れておくよ」

匠はそう言いながら、慣れた動きでコーヒー豆とミルを手に取った。

「じゃあ、お言葉に甘えます」

美緒は食後のデザートにと朝から作っておいたティラミスが冷蔵庫で冷えているのを確認し、バスルームに向かった。

入浴を終えた美緒はコーヒーの香りに気付き、リビングに急いだ。

「ちょうどよかった。今用意できたところなんだ。ティラミスも分けておいたけど、よかった？」

「はい。なにからなにまで、ありがとうございます」

ローテーブルには匠が淹れたコーヒーとティラミスが並び、昼間ふたりで買物に出た時に匠が買ってくれた花のアレンジが彩りを添えている。

「これが今日買ったコーヒーですか？　すごくいい香りですね」

美緒はラグに腰を下ろし、華やいだ香りに目を細めた。

「それ、柳瀬さんのお勧め」

「柳瀬さん？　あ、外商の……？」

柳瀬は婚約指輪を選ぶ時にお世話になった、百貨店の外商部の男性だ。

最近サイズのお直しと刻印が終わったと連絡があったが、美緒も匠も忙しくて受け取りには行けないままだ。

ようやく次の週末には行けそうなので、今から楽しみにしている。

「柳瀬さんもコーヒーに詳しいんですか？」

「コーヒー好きが高じてバリスタの資格を持ってるんだ。だから昨日会った時にお勧めを聞いて、すぐに買いに行った」

「昨日？」

確か昨日はIRの一環で郊外にある工場に株主を案内していたはずだ。

その後百貨店に顔を出したのだろうか。

「柳瀬さんがサイズの調整が必要ならご連絡下さいって」

「そうですか……でも」

指輪の受け取りが終わる前に、わざわざ伝えることだろうか？

外商との付き合いなどなかったせいで、今ひとつピンとこない。

すると匠は美緒のもとにやってきて、美緒の前ですっと片膝を立て跪《ひざまず》いた。

「匠さん？」

美緒は突然のことに驚き、目を瞬かせた。

匠はそれまでの穏やかな表情を消し、真剣な眼差しで美緒を見つめている。

端整な顔と優美な所作。

まるで美緒だけのために現れた王子か騎士のように見えて、息が止まりそうになる。

華やかでどこか甘いコーヒーの香りが漂う部屋に、束の間沈黙が落ちた。

やがて匠は気持ちを整えるように息を吐き出して、ゆっくりと口を開いた。

「昨日柳瀬さんから受け取って来た」

美緒の鼓動がトクリと跳ねる。

「美緒を驚かせたくて、昨日出張先から直接受け取りに行ったんだ」

「受け取りって」

もしかしたら……。

その瞬間胸の奥に生まれた小さな期待で、鼓動はさらに大きく打ち始めた。

「少しでも早く、俺の妻だという証《あかし》を美緒に送りたくて、我慢できなかった」

どこか緊張しているような匠の声に、美緒の期待はさらに大きくなる。

「それに美緒が誰のものかを、美緒の近くにいる男たちに知らせておきたかった」

「匠さん……」

間近に迫る匠の目はひどく優しくて、美緒の胸に温かな想いがじわじわと染み入ってくる。

匠は手にしていた小さな箱を美緒の目の前に差し出した。

それはゴールドの刺繍が施されている濃紺のベルベッドのリングケースだ。落ち着いた色合いには高級感がある。

「忙しいのに、わざわざありがとうございます」

気持ちが昂ぶっているのか、声がスムーズに出てこない。

「美緒も受け取りを楽しみにしていたのに、悪かったな。楽しみを独り占めした」

「それは全然。うれしいです」

我慢できなかったと言っていても、匠はタイトなスケジュールを調整して行ってくれたはずだ。それほど指輪を楽しみにしていた匠の気持ちがうれしくてたまらない。

「サイズ以外は確認したが、どうかな」

匠は美緒の前にリングケースを差し出すと、ゆっくりと開いた。

「綺麗」

紺色のサテンの波の中で、三粒のダイヤがキラキラと光を放っている。

プラチナの落ち着いた質感がよりダイヤの華やかさを強調していて、店で見た時よりも輝いて見える。

他の誰からでもなく匠から贈られた指輪だから、そう思えるのかも知れない。

匠はケースから慎重に指輪を取り出すと、熱のこもった目で美緒を見つめた。

「美緒、手を貸して」

少し固い声が、部屋に響く。

「はい」

美緒は姿勢を正し、ゆっくりと左手を差し出した。

緊張しているせいで、小刻みに震えている。

「美緒」

匠は美緒の震える手を優しく受け止めゆっくりと口を開く。

「悠真さんたちのために結婚したいって言い出した時、もう待てないと思った。誰でもいいなら俺が結婚するって決めて。かなり強引に押し切った」

「でもそれは、私のためにそうしてくれて」

「いや、俺が最初から美緒に気持ちを伝えていればよかったんだ。結局美緒を失いたくなくて、臆病になっていただけだ。だから改めて言わせてほしい」

匠はすっと背筋を伸ばした。

「俺と結婚してほしい。美緒だけを愛してる」

ストレートすぎる言葉に匠の想いの強さを感じ、喜びで目の前が滲んでいく。

「私も匠さんと結婚したいです。それに、愛してます」

それ以外、言葉が見つからない。

「ふたりで幸せになろう」

匠は静かにそう告げると、美緒の左手の薬指にゆっくりと指輪を通した。

燦然《さんぜん》と輝く美しさに目を細め、美緒は喜びに胸を震わせる。

沸き立つような幸せが、全身に満ちていくのがわかる。

「今だって、十分すぎるほど幸せです。私と結婚してくれて、ありがとうございます」

美緒は涙交じりの声で想いを伝え、匠に抱きついた。

まぶたの奥があっという間に熱くなり、目の前が涙で滲んでいく。

「俺の方こそ……これほど愛おしいと思える相手と結婚できた俺の方こそ、誰よりも幸せだ。俺の妻になってくれて、ありがとう」

熱い吐息が耳元に触れたと同時に、美緒の身体は匠に強く抱きしめられていた。


【完】

特別書き下ろし番外編

幸せの門出

十月半ばの大安吉日。美緒と匠は結婚式当日を迎えた。

ふたりの門出を祝うような爽やかな青空が広がり、日射しが燦々《さんさん》と降り注いでいる。

美緒はすでに白無垢の着付けが終わり、控室の長椅子に浅く腰かけ式が始まるのを待っていた。

匠と選んだ白無垢は指触りのいい正絹で、白糸で細かな刺繍が施されている。

ついさっき親族の記念写真の撮影があったが、日高家からは三十人以上の親戚面々が顔を揃え、美緒たちに祝いの言葉をかけてくれた。

日高製紙の関係企業に役員として席を置く人もいれば、家業とはまったく関係のない分野で才を発揮している人も多いらしい。

誰もが美緒と匠の結婚を祝福し、温かく迎えてくれた。

美緒はいつか社長として指揮を執る匠を支えていこうと改めて決意した。

「悠真さん、予想以上だったな」

肩に手が置かれ振り向くと、匠が顔をくしゃくしゃにして笑っている。

結婚して知ったが、匠はかなりの笑い上戸だ。些細なことでもツボにはまり、お腹を抱えている。

華耶が言うにはそれは結婚してからのようで「新婚ぼけ」だそうだ。

そうはいっても長身で端整な見た目の匠は黒の紋付き羽織袴がよく似合っていて、後ろになでつけた髪も相まって、色気が溢れている。

撮影後、控室に戻る途中ですれ違った女性の何人もが二度見していたほどだ。

「カメラマンは困ってるし美緒のご両親は呆れてるし。それが妙に楽しくて、なかなか真面目な顔をつくれなかった。だけどあれだけ泣けるって、今も美緒がかわいくて仕方がないんだな」

匠は相変わらず楽しそうだが、少し落ち着いたのか美緒の隣に腰を下ろした。

「俺も美緒を溺愛してるところは悠真さんに似てると思うが……もし妹がいてもあれだけ泣けるとは思えないな」

匠は感心するように呟いている。

「そうですか？」

美緒はゆっくりと匠に向き直る。

「でも、ちょっと違うみたいですよ」

　美緒は匠の手にゆっくりと自身の手を重ねた。

「お兄ちゃん、萌々《もも》ちゃんがお嫁に行く日を想像して涙が止まらなくなったみたいです。撮影の後こっそり教えてくれました」

　萌々は八月に生まれた悠真と千咲の娘で、悠真は彼女を溺愛している。

　今日は千咲と家で留守番をしていると言って、スマホで撮影した萌々の動画を自慢気に見せられた。

「だったら萌々ちゃんに恋人ができたら、悠真さん気絶でもしそうだな。それも悠真さんらしいが」

　匠と悠真は今ではふたりで飲みに行くほど仲がいい。美緒を愛する者同士気が合うと匠は言っているが、兄妹のいない匠は悠真を本当の兄のように思っているのかもしれない。

　美緒から見ればふたりの共通点は多く、今日の悠真のように匠が号泣する日がやってくると確信している。

「……匠さんはどうですか？」

「え、俺？」

　美緒はニッコリ笑うと、匠の手を取り帯を巻いたお腹に軽く押し当てた。

「……美緒？」

わけがわからず匠はきょとんとしている。

美緒は匠の手を両手で優しく包み込んだ。

「匠さんが号泣する日も近いかもしれませんよ」

「俺が、号泣？　悪い、ピンとこないな」

美緒のお腹に置いた手を見つめ、匠は首をひねる。

美緒のことには察しのいい匠だが、今回ばかりは予想すらしていなかったようだ。

「お兄ちゃんと匠さん、やっぱり似てます。だからきっと号泣すると思います」

それはまだまだ先の話だが、今でも簡単に想像できる。

今日の悠真のように号泣して、親戚たちにからかわれる。

そんな未来を想像して、美緒の心がじんわり温かくなる。

「似てるって言われても、号泣するかどうかは……えっ」

匠はハッと動きを止めると、問いかけるような目を美緒に向ける。

ようやく気付いてくれたようだ。

「美緒？　まさか……」

期待を滲ませた匠の声に、美緒は柔らかな笑みを浮かべ頷いた。

「その、まさかです。来年の春には赤ちゃんに会えますよ」

「赤ちゃん……？」

匠は呆然と呟き美緒のお腹を見つめた。

「赤ちゃん……それって、美緒、苦しくないのか？」

とっさに美緒の足もとに膝をついた匠は、不安げに美緒を見上げている。

突然のことに動転しているようだ。

「帯は大丈夫なのか？　美緒も赤ちゃんも苦しいだろ」

「美容師さんにお願いして負担がないように着付けてもらったんです。先週病院でお医者様にも聞いてOKが出てるので、心配いりません」

千咲が産後の検診に行くと聞いていたので、一緒に行って診察を受けたのだ。

「今七週です。まだまだ豆粒の元気な赤ちゃんでした」

匠は美緒を見上げた。

「抱きしめてもいいか？」

「もちろんです」

匠は膝立ちで美緒の腰に手を回すと、帯の上に慎重に頬を寄せた。

まるでなにかを聞き取ろうとするかのように、耳を傾けている。

「ごめん、訂正する」

匠はそっと身体を起こすと、気まずげに笑う。

「悠真さんどころじゃないな。今、もうすでに寂しい」

わずかに潤んだ目で、匠は肩を竦めた。

「いつかこの子も結婚すると思うと、ぐっとくる。今からこれじゃ、その日は確実に号泣する。悠真さんを笑ってる場合じゃないよな」

匠は苦笑いを浮かべながらも、その声は明るく弾んでいる。

寂しいというより、うれしいに違いない。

新しい家族にもうすぐ会えるのだ、それは美緒も同じ。

その時ドアをノックする音が響き、ホテルの担当者が入って来た。

「お時間ですので神殿へご案内しますね」

「よろしくお願いします」

匠はすっと立ち上がり、手早く身なりを整え美緒に手を差し出した。

「え……」

凛々しい袴姿なのに、一瞬美緒が仕立てた衣装を身にまとう、王子様に見えた。

「美緒？」

動きを止めた美緒を、匠は手を差し出したまま心配そうに見つめている。

「なんでもないです」

美緒は小さく首を振り、差し出された手を取った。

匠の目が、愛おしげに美緒を見つめている。

その瞬間、美緒はまるで自分は王子様に愛されるお姫様のような気がした。


【番外編・完】

あとがき

こんにちは。惣領莉沙です。

『クールな御曹司と初恋同士の想い想われ契約婚～愛したいのは君だけ～』をお手に取っていただきありがとうございます。

今回は十年以上もの長い間、お互いを想い合いながらも気持ちを伝えられずにいたふたりが契約結婚し、初恋を成就させるお話です。

一途の裏返しともいえる、真面目で融通が利かないヒーローとヒロインが幸せになるまでを、どうぞお楽しみ下さい。

ふたりを中心に話は進みますが、脇を固めるキャラクターに感情移入してしまい、つい彼らの日常を書き込んでは〝あかん〟と反省し、振り出しに戻っていました。

いつか機会があれば、名前だけしか出せなかったキャラクターたちにも素敵な恋をしてもらいたいなと思っています。

そして今回社員食堂がキーアイテムとして出てきます。

以前私が勤務していた企業にも社員食堂があり、どのメニューも美味しくて毎日いそいそと通っていました。

ちなみにその食堂の運営会社を選定する際〝食堂委員会〟が結成され（もちろん業務の一環です）私も委員のひとりとしていくつかの企業の社員食堂で美味しいお料理をいただきました。その中から一社を採用したのですが、今思い出してもとても楽しいお仕事でした。

今では娘が大学の食堂を気に入っていて、毎回写真を撮っては送ってくれます。最近の大学は食堂も華やかで充実しているんですね。羨ましいです。

この作品が忙しい毎日の気分転換のお役に立てれば幸いです。

最後になりますが、携わってくださった皆様、そしてなにより読者様。

これからも、よろしくお願いいたします。

このご縁が末永く続きますよう、いっそう精進いたします。

惣領《そうりょう》莉沙《りさ》

惣領莉沙先生への
ファンレターのあて先

〒104-0031
東京都中央区京橋1-3-1
八重洲口大栄ビル7F
スターツ出版株式会社　書籍編集部　気付

惣領莉沙先生

本書へのご意見をお聞かせ下さい

お買い上げいただき、ありがとうございます。
今後の編集の参考にさせていただきますので、
アンケートにお答えいただければ幸いです。

下記URLまたは二次元コードから
アンケートページへお入りください。
https://www.ozmall.co.jp/enquete/IndexTalkappi.aspx?id=2301

クールな御曹司と初恋同士の想い想われ契約婚
～愛したいのは君だけ～

2024年5月10日　初版第1刷発行

著　者　惣領莉沙
©Risa Soryo 2024
発行人　菊地修一
デザイン　hive & co.,ltd.
校　正　株式会社文字工房燦光
発行所　スターツ出版株式会社
〒104-0031
東京都中央区京橋1-3-1　八重洲口大栄ビル7F
TEL　03-6202-0386（出版マーケティンググループ）
TEL　050-5538-5679（書店様向けご注文専用ダイヤル）
URL　https://starts-pub.jp/
印刷所　大日本印刷株式会社

Printed in Japan

乱丁・落丁などの不良品はお取替えいたします。
上記出版マーケティンググループまでお問い合わせ下さい。
定価はカバーに記載されています。

ISBN 978-4-8137-1579-5　C0193

ベリーズ文庫 2024年5月発売

『女嫌いの天才脳外科医が激愛に目覚めたら～17年越しの初恋は、容赦なく独占されてます～』 滝井《たきい》みらん・著

真面目OLの優里は幼馴染のエリート外科医・玲人に長年片想い中。猛アタックするも、いつも冷たくあしらわれていた。ところある日、無理して体調を壊した優里を心配し、彼が半ば強引に同居をスタートさせる。女嫌いで難攻不落のはずの玲人に「全部俺がもらうから」と昂る独占愛を刻まれていって…!?

ISBN 978-4-8137-1578-8／定価759円（本体690円＋税10%）

『クールな御曹司と初恋同士の想い想われ契約婚～愛したいのは君だけ～』 惣領莉沙《そうりようりさ》・著

会社員の美緒はある日、兄が「妹が結婚するまで結婚しない」と誓っていて、それに兄の恋人が悩んでいることを知る。ふたりに幸せになってほしい美緒はどうにかできないかと御曹司で学生時代から憧れの匠に相談したら「俺と結婚すればいい」と提案されて!?　かりそめ妻なのに匠は蕩けるほど甘く接してきて…。

ISBN 978-4-8137-1579-5／定価748円（本体680円＋税10%）

『契約夫婦はここまで、この先は一生溺愛です～エリート御曹司はひたすら愛して逃がさない～【極甘婚シリーズ】』 未華空央《みはなそらお》・著

恋愛のトラウマなどで男性に苦手意識のある澪花。ある日たまたま訪れたホテルで御曹司・蓮斗と出会う。後日、澪花が金銭的に困っていることを知った彼は、契約妻にならないかと提案してきて!?　形だけの夫婦のはずが、甘い独占欲を剥き出しにする蓮斗に囲われていき…。溺愛を貫かれるシンデレラストーリー♡

ISBN 978-4-8137-1580-1／定価748円（本体680円＋税10%）

『別れを決めたので、最後に愛をください～60日間のかりそめ婚で御曹司の独占欲が溢れ出す～』 森野《もりの》りも・著

OLの未来は幼い頃に大手企業の御曹司・和輝に助けられ、以来兄のように慕っていた。大人な和輝に恋心を抱くも、ある日彼がお見合いをすると知る。未来は長年の片思いを終わらせようと決心。もう会うのはやめようとするも、突然、彼がお試し結婚生活を持ちかけてきて！未来の恋の行方は…!?

ISBN 978-4-8137-1581-8／定価748円（本体680円＋税10%）

『離婚前提婚～冷徹ドクターが予想外に溺愛してきます～』 真彩《まあや》-mahya-・著

看護師の七海は晴れて憧れの天才外科医・圭吾が所属する循環器外科に異動が決定。学生時代に心が折れかけた七海を励ましてくれた外科医の圭吾と共に働けると喜んでいたのも束の間、彼は無慈悲な冷徹ドクターだった！　しかもひょんなことから契約結婚を持ち出され…。愛なき結婚から始まる溺甘ラブ！

ISBN 978-4-8137-1582-5／定価748円（本体680円＋税10%）

ベリーズ文庫 2024年5月発売

『双子パパは今日も最愛の手を緩めない～再会したパイロットに全力で甘やかされています～』 白《はく》亜《あ》凛《りん》・著

元CAの茉莉は旅行先で副操縦士の航輝と出会う。凛々しく優しい彼と思いが通じ合い、以来２人で幸せな日々を過ごす。そんなある日妊娠が発覚。しかし、とある事情から茉莉は彼の前から姿を消すことに。「もう逃がすつもりはない」――数年後、一人で双子を育てていると航輝が目の前に現れて…!?

ISBN 978-4-8137-1583-2／定価748円（本体680円＋税10%）

『拝啓、親愛なるお姉様。裏切られた私は王妃になって溺愛されています』 友野《ともの》紅子《こうこ》・著

高位貴族なのに魔力が弱いティーナ。完璧な淑女である姉に比べ、社交界デビューも果たせていない。そんなティーナの危機を救ってくれたのは、最強公爵・ファルザードで…!?　彼と出会って、実は自分が"精霊のいとし子"だと発覚！まさかの溺愛と能力開花で幸せな未来に導かれる、大逆転ラブストーリー！

ISBN 978-4-8137-1584-9／定価759円（本体690円＋税10%）

ベリーズ文庫 2024年6月発売予定

Now Printing

『愛の街～内緒で双子を生んだのに、エリート御曹司に捕まりました～』 皐月《さつき》なおみ・著

双子のシングルマザー・有紗は仕事と育児に奔走中。あるとき職場が大企業に買収される。しかしそこの副社長・龍之介は2年前に別れを告げた双子の父親で…。「君への想いは消えなかった」——ある理由から身を引いたはずが再会した途端、龍之介の溺愛は止まらない！ 溢れんばかりの一途愛に双子ごと包まれ…！

ISBN 978-4-8137-1591-7／予価748円（本体680円＋税10%）

Now Printing

『タイトル未定（CEO×ひたむき秘書）』 にしのムラサキ・著

世界的企業で社長秘書を務める心春は、社長である玲司を心から尊敬している。そんなある日なぜか彼から突然求婚される！ 形だけの夫婦でプライベートも任せてもらえたのだ！と思っていたけれど、ひたすら甘やかされる新婚生活が始まって!? 「愛おしくて苦しくなる」冷徹社長の溺愛にタジタジです…！

ISBN 978-4-8137-1592-4／予価748円（本体680円＋税10%）

Now Printing

『タイトル未定（財閥御曹司×薄幸ヒロイン 幼なじみ訳あり婚）』 吉澤紗矢《よしざわさや》・著

幼い頃に母親を亡くした美紅。母の実家に引き取られたが歓迎されず、肩身の狭い思いをして暮らしてきた。借りた学費を返すため使用人として働かされていたある日、旧財閥一族である京極家の後継者・史輝の花嫁に指名され…!? 実は史輝は美紅の初恋の相手。周囲の反対に遭いながらも良き妻であろうと奮闘する美紅を、史輝は深い愛で包み守ってくれて…。

ISBN 978-4-8137-1593-1／予価748円（本体680円＋税10%）

Now Printing

『100日婚約～意地悪パイロットの溺愛攻撃には負けません～』 藍里《あいさと》まめ・著

航空整備士の和葉は仕事帰り、容姿端麗でミステリアスな男性・慧に出会う。後日、彼が自社の新パイロットと発覚！エリートで俺様な彼に和葉は心乱されていく。そんな中、とある事情から彼の期間限定の婚約者になることに!? 次第に熱を帯びていく彼の瞳に捕らえられ、和葉は胸の高鳴りを抑えられず…！

ISBN 978-4-8137-1594-8／予価748円（本体680円＋税10%）

Now Printing

『溺愛まじりのお見合い結婚～エリート外交官は最愛の年下妻を過保護に囲い込む～』 Yabe・著

小料理屋で働く小春は常連客の息子で外交官の千隼に恋をしていた。ひょんなことから彼との縁談が持ち上がり二人は結婚。しかし彼は「妻」の存在を必要としていただけと聞く…。複雑な気持ちのままベルギーでの新婚生活が始まると、なぜか千隼がどんどん甘くなって!? その溺愛に小春はもう息もつけず…！

ISBN 978-4-8137-1595-5／予価748円（本体680円＋税10%）

タイトル、価格等は変更になることがございますのでご了承ください。

ベリーズ文庫 2024年6月発売予定

Now Printing

『王子さまはシンデレラを独占したい』 晴《はる》日《ひ》青《あお》・著

OLの律はリストラされ途方に暮れていた。そんな時、以前一度だけ会話したリゾート施設の社長・悠生が現れ「結婚してほしい」と突然プロポーズをされる！しかし彼が求婚をしてきたのにはワケが合って…。愛なき関係だとバレないために甘やかされる日々。蕩けるほど熱い眼差しに律の心は高鳴るばかりで…。

ISBN 978-4-8137-1596-2／予価748円（本体680円＋税10%）

Now Printing

『婚約破棄された芋虫令嬢は女嫌いの完璧王子に拾われる』 やきいもほくほく・著

守護妖精が最弱のステファニーは、「芋虫令嬢」と呼ばれ家族から虐げられてきた。そのうえ婚約破棄され、屋敷を出て途方に暮れていたら、女嫌いなクロヴィスに助けられる。彼を好きにならないという条件で侍女として働き始めたのに、いつの間にかクロヴィスは溺愛モード!?　私が愛されるなんてありえません！

ISBN 978-4-8137-1597-9／予価748円（本体680円＋税10%）

タイトル、価格等は変更になることがございますのでご了承ください。